豔陽天

張放長篇小說

張放・著

一

陽光像一隻蠶蛹，蜷縮在熱烘烘的天空。七月，島上的氣溫高，人們都熱得不想出門，躲在家裡吹冷氣。阿姣戴著斗笠，掃完了半條街，發現一座大廈廣場前，簇擁著一堆青年男女，正在掌聲中接吻，慶祝一年一度的七夕情人節。她覺得有趣，新鮮。儘管以前見過這種盛大的場面，但是她沒享受過親嘴的滋味。有點眼饞。走近廣場，阿姣撿了一些別人扔掉的鮮花，帶回家，把花插在一隻舊花瓶中。

老夏正在整理舊書，發現阿姣滿頭大汗，還在欣賞鮮花，心裡不由地湧出不滿的情緒。

還不趕快沖個澡，換衣服！

我在環亞大廈廣場看見一群人，抱在一起親嘴，享受情人節氣氛，真有意思。

那是年輕人的活動。妳是阿巴桑，別有意思了，趕快沖個涼，吹電扇吧。

老夏看著阿姣走進了浴室，內心五味雜陳，不知是啥滋味。阿姣當清潔工，已到了退休年齡，有關人事部門早已通知，但阿姣不去填表，管理人員瞭解洪幼姣的窮苦情況，便睜一隻眼閉一隻眼拖下去。

今年氣溫特別高，夏天格外漫長。老夏老想買一台冷氣機，但總是湊不夠錢。阿姣時常汗流浹背，讓他看得心疼，下定決心，買冷氣機。他整理了一下剛修補的書籍，發現阿姣一邊用毛巾擦頭，走近了他。

老夏，晚上咱別做飯了，去小館吃牛肉麵吧。

行。

不吃牛肉麵，還是吃水餃吧。

隨妳。

阿姣摟住丈夫的脖子，親暱地說：「人家過情人節，咱也得意思一下吧。」

我打算從郵局儲金簿取出兩萬塊錢，買一台冷氣機。

不要，不要。阿姣搖頭，馬上立秋了，買冷氣機作啥，浪費。

巷口那家山東餃子館，韭菜豬肉餡，生意不錯。阿姣體諒丈夫不愛拋頭露面，她提了一只鋁質飯盒，去買了水餃、滷菜、海帶和豆腐乾。家裡還有金門大麴酒，她也陪著老夏喝兩杯。

台灣夏秋生產的韭菜，鮮嫩而翠綠，韭菜性喜冷涼氣候。播種或分株繁殖。性溫，味辛甘，功能溫腎陽，強腰膝，男人吃了有壯陽作用。阿姣心中有數，只要丈夫吃了韭菜水餃，她就睡不好覺，次日上工，腰酸背疼，非得過了一兩天才會恢復正常狀態。不過，阿姣對此事無怨無悔，彷彿小孩放炮仗——又怕又愛。

剛結婚時，老夏對房事不感興趣，怕妻子懷孕，但是倆口子在一起過了這麼多年，阿姣的肚皮始終未曾發生變化。兩人心境鬆弛下來。但是到底為何不能生育，誰也不關心憂慮此事。

女人過了更年期，性慾特強；老夏到了此時，像解除戒嚴，獲得性的解放，對阿姣懷孕已無顧慮，吃了韭菜水餃，投身在驚濤駭浪之間，盡情地享受魚水之歡。

洪幼姣老實得像剛泛黃的一只木瓜。在孤兒院長大，誰也不知道她的身世和來歷。那位菲律賓修女院長瑪麗亞知道，但是瑪麗亞已謝世十多年了。有人說阿姣是原住民；有人說她是軍人遺棄的孤兒……甚至老夏也茫然不曉。當年老夏在牯嶺街開二手書店，招聘店員，阿姣前來應徵，兩人的談話簡單，有趣。

妳想要多少工資？

我不知道。

每月八十元行唄？

阿姣點頭。

從此阿姣進了書店，幫助整理書籍、清掃環境，幫老夏購買午餐、晚餐。她不懂書的價位，所以不管賣書的事。下了班，便回孤兒院。那時，阿姣剛滿二十歲。

書架上的書，都有價碼。老夏用鉛筆寫在書的背面下方，阿拉伯數字。但是顧客付款時有商量的餘地。老夏的性格似乎有點偏激，對於那些恃才傲物的學者，他擺起老闆的面孔，搖頭、目中無人，絕不二價；但對於那些勤奮好學的清苦顧客，對方還價十五元，他說十元即可，有時候還買一送一呢。

阿姣看在眼裡，捂嘴偷笑。暗想，這是多麼奇怪的人啊！這種人做生意若是發財，太陽得從西方升起來。她默不作聲做事，從不向老夏提出意見，因為她的想法也許並不準確。時光如矢，轉眼間過去五年，洪幼姣已經二十五歲了。

孤兒院長大的洪幼姣，虔誠的天主教徒，愛上了流亡學生出身的夏嘉澍，兩人在地方法院辦了結婚手續，在街上一家麵館吃了一小籠蒸餃，一碗酸辣湯，便進了洞房。從那晚起，阿姣從少女變成了少婦，嫁給比她年長十二歲的老芋仔夏嘉澍。

阿姣只有小學程度，她不會寫「嘉澍」二字。便以注音符號ㄐㄧㄚㄕㄨˊ代替。嘉澍，來得正是時節的雨水，就是「嘉澍」。《水滸傳》上的「及時雨」宋江，山東鄆城人，他們是老鄉。當年夏嘉澍的父親給他取名，可能是由宋江獲得的靈感。

老夏這些話，讓阿姣聽了覺得深奧，難懂。

開舊書店，只是老夏的興趣。阿姣心中明白，老夏根本賺不到錢。每月生活開支，還是仰賴退輔會核發的一萬兩千塊錢的就養金。阿姣想去找個工作，丈夫捨不得。後來，政府解除戒嚴，舊書店面臨倒閉狀態，老夏只得關門大吉。買了一棟公寓住宅，搬家。

老夏失業，阿姣趁此機會考上了清潔工，每天戴上斗笠，穿上工作服，清掃街道，雖然辛苦，卻獲得固定的工資，生活有了保障。

天濛濛亮，阿姣便悄悄起床，走出臥室，發現老夏已將早餐做好，坐在飯桌前看書等她。她埋怨丈夫不應該起這麼早。早餐是稀飯、荷包蛋、烤麵包、炒花生米。阿姣飯量大，吃得津津有味。等她出了門，老夏再回房睡回籠覺。

北部冬季凌晨，煙籠霧鎖，能見度極低。清潔工若是不小心，常會被車輛衝撞，小則皮肉傷，大則有生命危險。老夏時常叮囑她，她也知道。馬路上，常有拋棄的啤酒罐、飲料盒，那是來往車輛裡的人扔出來的。真不知這些人是什麼心態，只要垃圾不要留在我家就行了嗎！阿姣有耐心，都清理得非常乾淨。她最怕碰到喝醉酒的男人，趕快躲避，否則一定受到咒罵與侮辱。

從酒店走出的紳士，個個喝得步履蹣跚，身子搖晃，鑽進黑色名牌轎車。阿姣躲在路旁眺望，心裡湧想起家裡的老芋仔，不禁眼眶盈淚。天上星多月不亮，地上人多路不平。為啥夏嘉澍十八歲投筆從戎，因病退伍之後，到如今僅靠每月一萬兩千元就養金過活。這點錢還不及那些官僚在酒店裡賞給酒女的小費！

阿姣忙到中午，才走進傳統市場買了點菜、五花肉，回家做午飯。

眼前夏嘉澍的藏書，多半是台灣光復初期的左傾文學作品，日本遺留的社會主義書籍，皆已絕版。雖無人問津，老夏卻視為珍寶。他打算身後將這些書捐給國家圖書館，以免遺失。阿姣常笑他沒有兒女，這些藏書就是丈夫的兒女。

從戰亂中走過的人，看到死傷的人，才恍悟到生兒育女是累贅。阿姣起初不懂，她婚後看見婦女抱小孩，似乎很幸福，因而產生羨慕心理。她曾央求老夏帶她去醫院檢查，何以不能懷孕？老夏哼而哈之，拖延此事，等阿姣到了更年期，即使檢查也沒用了。

也許是我的問題。老夏向她解釋。

老夏不喜歡生兒育女，他把那堆破舊的書報，視為自己的兒女，這不是誇張話，而是實在話。

晚間，老夏常翻看舊報紙，阿姣問他，別人看報，都是剛出來的新聞，你看這些舊報紙作什麼？

新聞誠可貴，舊聞價更高。因為舊聞是歷史資料，懂嗎？

不懂。

阿姣，這是一九四八年的《大公報》合訂本，在台灣，恐怕很難再找出這本舊報紙，給我一萬元我也捨不得割愛。

阿姣偷笑，她不相信丈夫的話。吹牛。

妳看，淮海戰役，山東農民支援前線的報導：動員民工兩百二十五萬人，擔架七萬三千九百多付，大小車輛四十一萬三千多輛，魯南各縣農村選送子弟參軍十萬人！阿姣，老共怎麼不勝利？

阿姣聽不懂這些事情，彷彿跟她毫無關係。

住在城市的公寓，人與人的互動很少，冷漠。既使是同鄉或朋友，除了有事打電話聊天，也沒什麼往來。過去夏嘉澍還寫點雜文，偶爾在報紙副刊發表，結識了幾個文友，但是從未在一起聚會。

雖然家裡裝了電話，有時十天半月沒有鈴聲。倒是詐騙集團常來電話。老夏受過驚嚇，因而提高了警覺性。

那天，阿姣去上工，老夏正在洗衣服，聽得電話鈴聲響，趕快衝進客廳，接電話。來電話的是毛華，三九團的老同事。當年妻子過世，他把年僅四歲的女兒，送進了孤兒院。如今聽說老夏的妻子是孤兒院長大的。因此託老夏打聽他女兒的下落。

她叫啥？

時間久了，毛華已想不起來。

這家天主教辦的孤兒院，原址在宜蘭，瑪麗亞院長早已謝世。再說阿姣是台灣孤兒，毛華原籍山東沂水，風馬牛扯不上關係，若讓洪幼姣去打聽毛華女兒下落，宛如海底撈針一樣困難。

國共內戰時期，老夏和毛華同在三九團作戰組做事。部隊撤到鄂皖交界的大別山區，毛華的妻子從故鄉逃出來，追到丈夫身邊。那時團部駐防葉家坪。半年前，鎮上有家辦喜事，洞房花燭夜，新郎被綁走，新娘則被那些軍紀敗壞的軍人輪姦。最後新郎投井自盡，新娘懷孕生下一女，成了瘋子。毛華夫妻年輕熱心，竟然稀里糊塗把女嬰抱回家，最後搭船來了台灣。

毛華的妻子體弱多病，初來台灣，水土不服，醫療水準差，在一場病中竟致歸西。毛華在團部工作，無法撫養女兒，便將她送進了孤兒院。隨著歲月的變遷，海南島、澎湖、廣東、花蓮……直到毛華退伍，他的養女如同斷線的風箏，飛向了茫茫的遠方……。

為了懷念失去的髮妻，毛華一直過著單身生活，這是讓老夏敬佩的事。勸他來老夏家裡住兩天，談談有關三九團的往事，順便研究如何尋找他的養女。他才應允下來。

在燈火通明的夜晚，他和毛華喝酒，嚼著花生米，聊天。阿姣坐在旁邊凝聽。

離開故鄉四十多年，毛華並無強烈地思鄉之情，相反的卻有冷漠麻木之感；正如魯迅在《徬徨・傷逝》中所言：「只落得麻痺了翅子，即使放出籠外，早已不能奮飛。」不過，毛華想念外婆。小時候，老人家摟著他，哼唱著富於鄉土氣息的兒歌。

牡丹花，大如盤，
俺在老娘家住一年，
老娘喜的直拍手，
妗子見了把頭扭。
妗子妗子您別扭，
石榴花開俺就走……

毛華開始哽咽起來，用衣角拭淚。

想不到默坐一旁的阿姣，接著哼唱起來：

石榴花，開的早，

五月的粽子嫌棗少。

妗子說俺不知道好，

老娘慌的往屋裡跑。

阿姣的兒歌，山東味兒。使我大吃一驚。

毛華問：「妳怎會唱，誰教妳的？」

俺媽。

妳媽呢？

我不知道。

客廳的空氣頓時凝固下來。誰也沒興致聊下去了。

次日，毛華辭行。他企求老夏善待阿姣，並且繼續打聽養女的下落。

老夏也很納悶，一個孤兒，台灣人，她怎麼會哼唱山東兒歌呢?而且還帶著濃重的魯南味兒。這豈不就是失散的毛華的養女？從同事轉變為岳父，這齣戲怎麼唱下去？他的臉發熱了。

水電行打電話，派工人裝冷暖空調設備。老夏說「你打錯電話」。對方說：有位毛華先生已付款，交代辦妥此事。老夏只得開門迎候。

毛華時常寄來衣服、食品和金錢，老夏覺得過意不去，想退還他。毛華向他解釋：他早計畫身後將所有積蓄捐贈孤兒院，如今在養女沒有下落前，暫時把洪幼姣視作自己的養女。

老夏覺得有點詫異，一個台灣女孩，怎麼會哼唱山東兒歌，簡直是神話。晚上，他故意哼起兒歌，試探阿姣的反應。

小老鼠兒，上穀穗，
掉下來，沒了氣兒。

老夏哼不下去了，他忘了……阿姣尋思一下，接著哼唱：

大老鼠哭，
小老鼠叫。

蛤蟆蛀子來弔孝，
給牠個孝帽牠不要，
頓打頓打又跑了。

老夏快活得鼓掌，讚揚阿姣記憶力強。若是多讀幾年書，她一定能夠參加普考，當上環保局的專員。

過去，瑪麗亞修女也這樣誇獎她。

對於毛華的關懷和愛護，阿姣有點擔心，她唯恐有一天毛華以法律途徑帶走了她，使她離開老夏。這些心事，她不敢講出來，一直悶在心裡。心底，她隱約地聯想自己的身世，或著跟毛華有著盤根錯節的關係，但是她既不明白，也搞不清楚。

有一晚，老夏坐在沙發看電視辯論節目，邊看邊罵，阿姣勸阻丈夫：「你生這種閒氣作啥？甭看啦。」老夏用遙控器關上電視，喝茶。

老夏，咱以後別收毛華的禮物了。

為啥？

我覺得怪怪的。人家憑什麼送咱家禮物？

老夏說，他有個失蹤多年的女兒，長得很像阿姣，所以把阿姣視為自己的女兒。這是人之常情，何況毛華和老夏當年在團部作戰組是同事：毛華是上尉參謀，夏嘉澍是同准尉繪圖員，都是山東老鄉。

他不會把我帶走吧？

老夏拊掌大笑。人家帶走妳做啥？妳是我的老婆。再說，他找的那個失蹤的女兒，並不是他親生女兒，是養女。

阿姣心中的石頭落了地。

老夏真不希望阿姣是毛華的養女，否則，他得改叫毛華「伯伯」，矮了輩份。

過去，三九團在葉家坪駐防半年，這在內戰期間停留最久的地方。當地距離六安近，喝六安茶是一大享受。他倆的飲茶嗜好就是在葉家坪養成的。此地曾是紅四方面軍張國燾、徐向前的蘇區基地，老夏也在當地挖掘了不少史料，這對於他研究中共黨史有一定的幫助。

那年，政府剛宣布准許回大陸探親，毛華便迫不及待地登記，辦了手續。他的家鄉已無親人，他想探望的則是葉家坪的那個瘋女人。這讓人聽了覺得荒唐、訝異。

臨走，毛華在電話中告訴嘉澍，他已和葉家坪的一個姓李的熟悉朋友取得聯繫，對方認識那個瘋女人。

她姓啥？

洪姣。她是李式之的學生。

老夏暗自吃驚。皇天不負苦心人，毛華終於有了比較準確的線索，他這次去葉家坪是對的。據毛華初步瞭解，那位李式之是當地的中學教師，頗富聲望，他是中共地下黨員，解放後做過縣委書記，如今已退休。當年毛華夫婦領養阿姣的經過，李式之曾從中斡旋，打開僵局，因此毛華一直惦念著這位熱情的朋友。

毛華叮囑，這件事務必保密，千萬不要告訴阿姣，免得引起她的煩惱。

當初抱養阿姣，是毛嫂的意願，她和毛華婚後多年，聚少離多，迄未生育。所以急著領養那個可憐的女嬰。毛華並不樂意，既然母親是瘋子，她的女兒又怎會是正常的人？毛嫂不管這些理由，竟然勇敢地辦了領養手續，把阿姣抱回家。

據說三九團從葉家坪撤退後，那位瘋女人想念失去的女兒，竟然精神病情好轉，返回娘家。一九五七年反右運動，群眾揭發洪姣將親生女兒送給了國民黨軍官，向她進行鬥爭。洪姣有口莫辯，只得招認罪狀。後被送到深山野林進行勞動改造，自殺身亡，這是後話。毛華在葉家坪住了一週，帶回兩本《文史資料選輯》之類的小冊子，其中有李式之的文章，記述洪姣被強暴的血淚史，以及她拋棄女嬰的苦衷和冤情。這是國共鬥爭史上的一段小插曲。可喜的是它消弭了毛華內心的負擔與感情。

洪姣的勾結國民黨特務案，株連了將近五十人，包括李式之，原三九團因病在葉家坪落戶的官兵九人，以及洪姣男女雙方家屬，這是震驚一時的冤案。讓夏嘉澍聽了啼笑皆非。

毛華來台，妻子病逝，毛華託人將養女送到孤兒院。院方曾詢問名字，毛華當時只說妻子叫洪姣，院方便自作主張為她取名洪幼姣，這件往事連毛華也忘卻腦後了。

毛華探親回台，心情恢復平靜，他對過去糾纏而複雜的感情，以快刀斬亂麻的決心，完全忘記。如今，毛華竟然有了尋找老伴的念頭。

每次毛華來夏家做客，老夏總是到巷口餃子館去買韭菜豬肉餃子，一瓶金門陳年高粱酒，餃子就酒，沒飽沒夠，牢騷話也便脫口而出。他中學畢業，投考了陸軍官校十八期，從少尉排長幹到中校副團長，他的考績一直優等。不過，毛華性情過分爽直，對於不滿意的現實問題，時常提出批評，因此，主官不敢重用他，怕招惹麻煩。

過去在團部聚餐，有關部門總派人監管他，怕他亂講話。三杯下肚，毛華便發表反內戰言論，弄不好他會罵到陳誠的頭上。這是多麼恐怖的事！一次，他在會中講話：「我在咱團裡開什麼會，就是當不了主席，百家姓那麼多的姓，張王李趙，姓啥都行，為啥我偏偏姓毛？倒楣大大的，糟糕衣瑪斯！」逗得哄堂大笑。團長笑得鼻涕噴出來了。

部隊剛到澎湖，團政治部指毛華政治立場不穩，團長當場拍了桌子：「別亂給毛華同志扣帽子，你告到蔣經國主任那裡去，也沒用，我的人頭作保證！」

在部隊做事，性格決定前途。不吭聲，裝啞巴，可以稀里糊塗幹到上校退役，因此毛華到了中校，踏腳齊步走，原地不動，幹了整整八年，抗日戰爭的年數！

毛華脫下軍服，換上夾克，黑長褲，光棍兒一人，鬢角霜白，走到菜市場，賣肉的阿巴桑喊他：「阿伯，五花肉給我買好唄，算你便宜！」

俺吃里脊肉，不吃五花肉。

老芋仔，不要有驕傲啦，五花肉，馬馬虎虎啦。

毛華朝著肉販，笑了。

啊，你有像那個電影明星孫……越，我有看過，老莫的第二個春天。

他終於轉過身來，走近肉攤，割了半斤豬肉。

退伍，毛華才嚐到寂寞的滋味。於是，他想念死去的妻，想念失聯的養女……他向老戰友夏嘉澍說出掏心話：「這是國共內戰造成的悲劇，當初我的反對難道不對嗎？」

老夏是他的部屬，講話還是有分寸，拘謹。只勸他遇到適合的對象，結婚。毛華也有這個打算，但是年近六旬，結婚實在是冒險的行為。蒲松齡說過，男人四十不娶，終身不得結婚。毛華發現不少夫妻，結了婚，兩個人綁在一起，男的心裡痛苦，女的心裡也痛苦，等到離了婚，鬆了綁，各奔前程，兩人心裡反而舒暢起來。

你怎麼會有這種想法？

毛華常看電視節目，從那些所謂兩性專家談話中學來的。

談起看電視，毛華的苦惱更多。開放以來，五花八門的節目，使他心猿意馬，眼花撩亂，尤其是政治評論節目，看久了人會得精神分裂症。

既然這樣有害身心健康，別看了吧。

像小孩放炮仗，又怕又愛。現在台灣的人，食、衣、住、行、報紙、電視，六大生活要素，缺了不行。看電視有癮，像吸毒，若想戒除，非進勒戒所才有效。一位資深媒體人告訴毛華，每次台灣選舉，都有數百人罹患精神病，皆從收視政論電視節目產生的。人家選舉，咱急啥。皇上不急，急死太監，可笑。

老夏從不看電視，只有阿姣愛看綜藝節目，海峽兩岸的歌星，她瞭若指掌。誰和誰戀愛，劈腿，問她，沒有錯兒。阿姣討厭韓國歌星，最恨日本鬼子，奇怪。她是澎恰恰、豬哥亮的忠實觀眾。老夏不看電視的理由則是「浪費時間」。因為從電視節目吸取的精華少，獲得的糟粕多，不划算。年紀愈大，時間寶貴，他如今不撥拉算盤不行了。

毛華很器重老夏。戎馬半生，他見過不少將軍，正如莎士比亞所說的「當年是何等英雄，如今只有替人擋雨遮風」，打麻將、喝白酒，混吃悶睡等死。毛華說夏嘉澍可惜沒有軍事學歷，否則他一定能做到將軍。老夏紅著臉說：「長官，您喝多了！」

毛華沒喝過量的酒，他的評論客觀而公正，台灣的將星雲集，除胡璉、黃杰等少數有戰功的將軍，其他的哪位打過仗？還不是混上來的。若以毛華的能力、學歷及作戰功績，他今生今世沒有升到將軍，那是國民革命軍的損失！換言之，國軍的失敗絕不是偶然的。

老夏為了讓毛華安度退休生活，不忍心挑起往事的波瀾，所以保持沉默，閒話少說，只勸他遇到適合的對象，結婚。每次毛華來作客，總會交換一批書籍，老夏珍藏的國共戰史資料，幾乎被毛華看完了。

阿姣年輕時，討厭丈夫看書，她總覺得書比她的身體重要。漫長的春夜，兩個人抱在一起，何等舒服自在！春宵一刻值千金，老夏卻把珍貴的春夜浪費在書上。後來，阿姣漸漸原諒了他，兩人分房而居以後，對於房事也便倦怠下來。不過，阿姣總覺得對不住丈夫，沒為他生下子嗣，到底是啥原因，她也茫然不解。

那晚遇到老夏興趣來時，便摸出一只小盒，取出一顆藍色小藥丸。

什麼藥？

威爾剛。

感冒藥？

專治腎虧、性弱，吃了它，老二像小黃瓜一樣硬。

你買這個做啥？

毛華送我的。

不要吃，扔了吧。這種藥一定對身體有害。

妳怎知道？

這是普通常識。

我做個試驗行唄？

阿姣說：妳夠厲害了，用不著做試驗了。

不行，我得吃一次。

半粒。最多吃半粒。

別人都吃一粒，也有人吃兩粒。半粒不管用。

兩人討價還價，最後阿姣同意他服一粒，成交。

也許半年沒吃豬肉，饞得要命，兩人廝殺得汗流浹背、水火無情，這場肉搏戰終於兩敗俱傷，到了「松風吹解帶，山月照彈琴」的境界。

阿姣快到知命之年，才知道自己是人間最幸福的女人。那些穿著背心，拿著旗子，高喊「凍蒜，凍蒜」的婦女，既使作了立法委員，怎有洪幼姣過得爽快、享受。不久前，清潔隊長勸她填表退休，因為失業率高，長江後浪推前浪，咱們不主動退休，後來的怎有工作，有飯大家吃嘛。

阿姣充耳不聞，裝蒜。

阿姣眼圈紅了。老夏在三九團作戰組，從文書幹到書記官，參謀，坐破了三把椅子，兩隻手的指頭磨泡起繭。他考取了兩次陸官校，二十四期、三十期，組長向他說好話，勸他別走，走了，作戰組的業務怎麼推動？組長以國父孫中山的「青年人應立志做大事，不要立志做大官」的話，開導老夏，請他犧牲享受，享受犧牲。眼看人家都升上去，夏嘉澍仍是同中校副組長。他在退伍前半年，跟組長拍了桌子，撤職。沒有條件領退休俸。倆口子過著清苦的生活。阿姣哭了！

阿姣姊，別難過。我再把妳的生活情況，向局長說清楚，他很同情妳……

可是……後浪……怎辦？

隊長想笑，後浪就在後邊等吧。

這件虧心事，阿姣一直瞞著丈夫，那天，他說漏了嘴，把這件秘史捅了出來。

趕快去辦退休！阿姣，妳再拖下去，我跟妳離婚！

她嚇呆了。從結婚到現在，丈夫從來沒發過這麼大的脾氣。她質問丈夫：「不填表，辦退休，為了咱家生活，我做錯事了嗎？」

老夏向前握緊她那粗糙的手，哽咽著說：「阿姣，政府雖然並沒愛護我，可是我沒說過一句牢騷話，因為凡是老芋仔每月還領到一萬兩千塊錢，有飯吃。聽我的話，快辦退休。咱們餓不死，台灣還沒有餓死過人……」

老夏哭了。

阿姣心情緊張，趕快去辦退休。她見了環保局的主任秘書、副局長，最後見了局長。回來，搭拉著頭，似乎失望，老夏帶她去小館吃牛肉燴飯。問她有何結果，阿姣尋思半晌，才說出八個字，像報紙上的標題：「不准離婚，暫緩退休」。

老夏捂嘴笑。對於「不准離婚」，他莫名其妙。

原來洪幼姣見了局長，有點緊張。局長問起退休的事，她把老夏的話也全部抖了出來。「不行不行，不准離婚！」局長截斷她的話：「退休的事，暫緩。妳回去吧。」若在西方國家，這種不按照制度章程辦事，違法。但它卻富於人情味。老夏不懂行政，不解政治，他對環保局長的和稀泥作風充滿感恩之情。他囑咐阿姣，人家同情咱，咱就賣力去幹吧。

洪幼姣在清潔隊服務二十年，不遲到，不早退，她經歷了數不清的颱風過境，清掃花枝落葉紙屑飲料盒……，阿姣無怨無悔，樂此不疲。她無兒女之累，工作比別人勤快，每個清潔工都喜歡她，她也幹得勝任愉快。

阿姣學歷低，小學程度，否則以她的工作狀況，可以當上清潔隊長。她不出風頭，也不愛說話。她有一個愛她的丈夫，結婚大半輩子從來沒罵過她。她感到幸福。

有個晚上，阿姣跟丈夫聊家常話，問起那個小盒子裡的藍色小藥丸，還有幾粒？

老毛送我的六粒，我吃了一粒，還剩五粒。妳問這個作啥？

清潔隊的小劉，剛滿四十歲，壯得像頭牛，和她感情最好，啥話都說給阿姣聽。阿姣想把剩下的威爾剛丸，轉送小劉。

這種東西，能送禮？人家會罵妳。

小劉婚後，有了孩子，不覺什麼。兩個孩子上了國中，小劉正值壯年，她先生就不行了。時常吵架。有時候，大半年沒同過房，這種日子怎麼過下去？

老夏偷笑，這種事，還講給阿姣聽，真是荒唐。他打開抽屜，把威爾剛取出來，遞給阿姣。告訴小劉，請她先生每次服一粒，吃完了，到西藥房去買……老夏繼續說，她先生的毛病，可能是陽痿。陰莖不能勃起或勃起不堅，因而無法性交，絕大部分是精神和心理因素引起的，轉告小劉，要盡力配合幫助丈夫，別緊張。

小劉的先生，中學程度，當大廈管理員，比小劉小三歲，兩人是宜蘭同鄉。老夏讚揚這是一對幸福伴侶，「女大三，抱金磚」，他提醒阿姣，這種事兒，叫小劉別隨便講給外人聽。

一場颱風過去，轉眼到了中秋。老夏忽然問起小劉的事，阿姣苦笑，搖頭。

怎麼？無效？

有效。吃了還真管用。小劉吃上了癮，隔上三兩天就要來，她先生不耐煩，吵架。五粒吃光了？

嘻嘻！現在，小劉買了兩大盒威爾剛，叫她先生像吃維他命丸一樣，清晨一粒，辦事前再一粒，搞得她先生四肢無力，叫苦連天！

聽了這話，老夏湧出了同情心。他想勸這位大廈管理員趁年輕力壯，去跑商船當水手，工資比較高，遨遊世界港口，增廣見聞，而且能夠調劑性慾的趣味。等小劉過了更年期，再下船，過起年輕夫妻老來伴的幸福生活。否則照這種情形，恐怕小命休矣！

但是，誰去找他談這些話？思索數日，只有阿姣向小劉勸說，比較合適。

阿姣勸說，引起小劉反感。她的丈夫若作了水手，豈不叫她作了活寡婦。原是一番善意，卻惹了一肚子悶氣，阿姣暗自下定決心，從此不再管別家的閒事。真是「好心被雷親」。

阿姣給了小劉五粒威爾剛藥丸，改善了她的性生活，小劉內心仍是充滿感激之情。那天兩人碰面，小劉告訴阿姣，縣立圖書館將招聘一位管理員，她哥哥作館長，這是一個機會，催促阿姣回去徵詢丈夫的意願。

他快六十歲了，行麼？

只要坐得住，不亂跑，老了更穩當。

夏嘉澍對於這份工作，勝任愉快。每週工作六天，禮拜一休館。工資還不錯。劉館長對老夏看作前輩，相處融洽。老夏過起比較規律的生活。

圖書館是搜集、整理、收藏和流通書籍資料，以供讀者進修學習和參考研究的機構。我國古代有各種名目的公私藏書機構。到了清朝末年才出現「圖書館」這個名稱。

老夏到職不久，便歸類了進圖書館的身分、年齡和興趣等情況。大抵晚年退休人員，看報、關心國際局勢、政局和經濟情況；年輕人愛文藝作品；少年愛看漫畫；主婦多半愛惜健身美容以及愛情小說。他掌握了時尚趨勢，再設法引導讀者走向文學的正途。直白地說，老夏每次新購的圖書，儘量刪除掛羊頭賣狗肉的武俠小說、新潮作品。購書刊，像主婦進市場採購菜蔬魚肉，不能只顧色香味，應當重視營養均衡。暢銷書，有不少是害人的。老夏文學修養高，他比一般人瞭解，僅在半年之間，這座圖書館的書刊已經發生翻天覆地的變化。

每月購置新書刊經費，實在為數不多。老夏向館長請求，為了增加優秀圖書，每月買一點二手貨，舊書。他親自到坊間搜購。同時，老夏也從自己的藏書中，陸續割愛捐了出來。種了梧桐樹，引得鳳凰來。圖書館的讀者，眼看多起來。到了假日，常有人滿之患現象。

為了滿足讀者群的求知慾望，館內時常舉辦各種討論會。有些人為了參加學習，遠從各地趕來。縣府各級首長，開始注意這座欣欣向榮的文化機構，不少有關人員前來取經。縣長感覺奇怪，夏嘉澍付出如此巨大的勞動，為何許多人還不知他的名字？

劉浩功館長苦笑說：「老夏不會作秀，不會自我推銷，他怎麼會出名呢？」

縣長想表揚這位無名英雄，卻被劉館長勸阻。若是這樣做，不但老夏辭職，劉浩功也會出國留學。因為社會是萬花筒，人上一百，形形色色，作為領導者，必須尊重每一個人的意願。你熱心請對方吃牛排，對方齒牙動搖，咬不動，怎吃下去？這不是強人所難嗎？

縣長只得默聲離去。

二

當年老夏在台北牯嶺街開舊書店，門前掛了一只木牌，上書「收購舊書」四字。前往賣二手書的寥寥無幾，而且大多是毫無價值的言情小說、武俠小說，以及用過的中學教科書。阿姣進店以後，曾主動開著一輛小貨車，走街串巷，收買破報紙舊書刊，雖然她的文化程度不高，卻也偶爾搜到珍貴的文學作品。蕭紅的《呼蘭河傳》、魯迅的《中國小說史略》、范長江的《中國的西北角》便是阿姣以破報紙的價錢買來的。

老夏從阿姣的買破報的體驗中，總結出兩則「收購舊書」的原則：

一、凡是藏書的知識份子，大抵不愛勞動。他可以逛書店、搜購名人字畫，卻懶得把家裡堆滿不用的破舊書刊，扔出去。若讓他親手將書報送到「收購舊書」的地方，那是痴人妄想。

二、收購舊書，最宜在假日午後，在文化教育住宅區內，吆喝。女人最宜，而且要親手去清理現場，主人才比較歡迎。收購時，態度和藹，不可討價還價，給主人良好印象。

阿姣是個純樸勤勞的女人，滿臉汗水，有些主人還給她冰水喝。她在半年之間，便在公館、溫州街一帶收購了不少左傾作品，那是一九四六年前後從上海、廈門進來的。經過老夏的修補整理，再賣出去，賺了不少。因而他和阿姣也培植了深厚的愛情。

在漫長的戒嚴時代，夏嘉澍的舊書店，不招搖，不修飾。謙虛謹慎，和氣生財。遇上情治機構文化特務找麻煩，老夏笑臉相迎，坦誠相待，「長官礙眼，拿走。兄弟也不過混碗飯吃。」人心都是肉做的。電影、小說上寫的特務，不懂人情世故，謬矣。遇上的這種人物，時常微笑拍拍老夏的肩膀：「這種書最好藏在裡面，別惹麻煩。」走了。

阿姣從二十歲嫁給老夏，兩人相依為命，從沒紅過一次臉。她瞭解丈夫最大的優點是「不貪」。能掙到吃飽肚子，滿足了。其實，老夏還有一個優點，阿姣看不出來，那就是丈夫「毫無虛榮心」。

遠的不說，就以夏嘉澍把縣立圖書館搞得熱火朝天，成了文化重鎮。縣長有意聘任老夏為館長，劉浩功提升為縣文化局副局長。可是老夏堅持不幹，而且說了狠話：「接到聘書，我馬上辦離職手續回家！」

為什麼呢？

我一輩子沒有混好，到了晚年，你們這麼抬舉我，豈不是迴光返照，逼我走投無路麼！

這件事是小劉告訴阿姣的，阿姣只有苦笑。她實在不瞭解丈夫的心理。別說妻子，即使老夏自己也摸不清楚他這種排斥官場的性格，是受了多少委屈和打擊鑄成的。

官僚、歌星、詩人和演員，總以為天下的男女都崇拜他，歡迎他。錯了！這是天大的誤會。在電視台上露面的耍嘴皮子的男女播音員，他們有的受到歡迎，有的卻受到辱罵，他們卻不知道，因為沒有人告訴他。即使他嗚呼哀哉，進了陰曹地府，也茫然不曉。

一日，老夏攜妻去看電影，正放映中，銀幕一角出現字幕，上書「詩人豐子外找」。這時，聽見旁邊有小孩說：「寫錯字了，寫錯字了，瘋子，寫成豐子。」小孩他媽警告他：「別吵，人家看電影。」

詩人落到這步天地，已是積眾難返，不可救藥了！

為了成名成家，不惜敲鑼打鼓，自我推銷，這是何等低劣無聊的文化手段！如果官僚淪落到「對著鏡子作揖」，自己恭維自己的地步，那麼誰還願做官僚？誰還願做詩人？

那晚，毛華在老夏家喝茶聊天，聊起當前的庸俗文化，毛華產生靈感，他認為自我推銷自我宣傳的風氣，是從選舉產生的負面效果。在選舉期間，競選候選人披紅戴花，走進市場，挨著每個攤位雙手抱拳，拜託賜票。這豈不是詩人的寫照麼！李白、杜甫、辛稼軒、李清照有這種動作麼？關漢卿、白樸、馬致遠、曹雪芹懂得推銷自己麼？這不是瘋子是啥？

說著，兩人拊掌大笑。

圖書館的文藝活動，有聲有色，每一次專題討論，都造成文化界的迴響。不少詩歌團體，請求召開「新詩朗誦會」、「新詩發表會」，老夏堅持不予理會，但是各方面的壓力，使他無力反對。姑且以嚐試的心情，舉辦一次「和杜甫月下漫步發表會」。

會場佈置，不中不西，讓人眼花撩亂。那些所謂現代詩人，有的化妝成小丑，有的化妝成楊貴妃，有的蓬首垢面，跑向舞台麥克風前，操著濃重的方言，講著艱澀難懂的新詩。台下的青年像中了邪一般，瘋狂呼叫鼓掌。

正進行中，有四位警員走進會場，找劉館長。老夏前往接待。因為會場的青年吵得鄰居不安寧，恐怕引起暴動，所以有人通知警方一一九報案。警局立即派人前來處理。

請你們停止吵鬧！

一位大學文藝社團負責人站出來吼：Shut up!

警察火了，上去抓住那位藝術家，頓時扭成一團。經過一番折騰、調解，最後帶走那個詩歌隊領隊，進了派出所問案。活動當即停止、解散。通過這次事件，從此再也不舉辦任何「現代詩」活動，附近鄰居才獲得寧靜生活。偶爾提起這件事，總令人心驚膽顫。

作為一個從文藝路上走過來的，看書、賣書、管理圖書的夏嘉澍，他對台灣的新書發表，瞭若指掌。誰也別妄想唬弄他，欺騙他。在他的眼中，這群玩現代詩的就是「詐騙集團」。這個集團有一股幫會勢力，有組頭、有打手，也有幫凶，更有財團支持。海峽對岸開放後，兩股勢力已作了相互拜碼頭活動。

一九四九年政府播遷海島，文藝呈現衰亡景象。一群聰明的文藝青年，為了躲避白色恐怖風險，剽竊了西方文藝思潮的渣滓，寫出一些莫名其妙的「現代詩」。為了表示清高，有人將傳統三千多年「詩歌」，刪掉「歌」字，代替詩的是新詩、現代詩。

寫這種現代詩，容易。一晚上能構思二十首。只要在他們自費印刷的刊物發表，就成了「詩人」。正像詩人拜倫諷刺當時的詩人不正心態，「一覺醒來，名聲已傳遍了世界」。結果，現代詩呈現欣欣向榮百花齊放的現象。你問他這首詩好在哪兒？他搖頭難以作答。問他這首詩的意境如何？他茫然不曉。因此，寫現代詩的比看詩的人多，詩人比吳郭魚還多。

這種現象，使人聯想起哲人培根的話：「在人類歷史的長河中，真理因為像黃金一樣重，總是沉於河底而很難被人發現；相反地，那些牛糞一樣輕的謬誤倒漂浮在上面到處氾濫！」

為了挽救台灣文藝，只消極地拒看偽詩，躲避現代詩人，不行。夏嘉澍和劉浩功討論很久，他倆決定邀請優秀的詩人站出來，以屈原的「變白以為黑兮，倒上以為下」的偉大革命精神，把台灣的那些玩弄形式拼貼文字的後什麼現代主義的偽詩，公開批判，揭開這些崇洋媚外的畫皮，撥亂反正，使詩歌成為擲地有聲的藝術作品。

那年詩人節，圖書館邀請了著名詩人、文學評論家葛弗演講，題為〈呼喚詩歌的靈魂〉，造成轟動。從此，每月都有關於探索詩歌的專題報告，並且現場進行討論。這是台灣罕有的現象。最讓人覺得納悶的，那些招搖撞騙的偽詩人，卻不敢出來筆戰，大抵都先後買了機票，返回歐美僑居地去了。劉館長下定決心，他以「野火燒不盡，春風吹又生」的信念，繼續邀集有志之士，前來演說。讓咱台灣下一代青少年，創作出具有本土意識的詩歌。

假日，老夏坐在客廳看電視，螢幕上那位辣妹騷首弄姿，正引吭高歌：

好花不常開，
好景不常在……

阿姣興高采烈地從外面走進來，手上拿著一束鮮花。
怎啦，誰送的？
小劉。
為啥？
不告訴你。阿姣把電視機旁的花瓶，換了水，然後將鮮花放進去。
縣政府傳出人事調動消息：劉浩功調文化局副局長、夏嘉澍調文化局秘書；洪幼姣調升清潔隊長。小劉為了恭賀阿姣，送花。過些日子，請吃飯。

這猶如晴天霹靂，嚇老夏一跳。不久前，小劉館長便聽到縣長受到壓力，因為有人對圖書館的批判新詩，感到強烈不滿，認為館方負責人具有「義和團觀念」。雖然縣長不服，但在形勢比人強的現況下，終於敗下陣來。老夏是額外約聘人員；但劉浩功卻化費了心血，徒勞無功，實在令人氣餒。果然，電話鈴聲響了，是劉浩功的聲音。

劉浩功轉告他們調職的事，勸老夏先靜下心來，跟他一塊去文化局，再作研究對策。否則會造成親者痛、仇者快的後果。

夏嘉澍心裡清楚，現代詩的這股勢力，來自帝國主義的文化侵略，它是有戰略目標的行動。首先在詩歌陣容建立個人迷信，亦即偶像，偶像一旦造成，「請神容易送神難」，若推翻它勢必得付出慘重的代價。

老夏在電話中解釋，領導階層只重視經濟發展，貿易順暢，卻不懂文化藝術。這像一個母親生了兒子，辛苦將他養大，但兒子卻不聽話，反而欺侮虐待母親，這個兒子成了家庭的異類——這個過程在哲學上叫「異化」，有「反客為主」的意思。他在電話中沉重地說：咱們的社會不怕改革，修正；而是害怕「人民的公僕變成人民的老爺」，我不退卻，有生之年，我要把窩藏在文藝陣營的陰謀家揪出來！

縣長在劉浩功尚未到職，便指示他確定館長人選，他當時便說出葛弗的名字。劉浩功先斬後奏，固然可取，但是葛弗是否同意，他卻沒有把握。因為葛弗和老夏是莫逆之交。若非他登門聘請，葛弗不會屈就這個圖書館長。

葛弗目前手上有一個文學刊物，份量重，名聲高，銷路廣，若讓他放棄那個刊物，不行。但如增加編輯，葛弗卻不一定放心。老夏在他書房喝了四杯咖啡，仍舊談不出具體的辦法。

由於時間迫促，縣府人事部門急於發佈館長人選，他和葛弗研究出下列方案：

一、刊物從月刊改為季刊。

二、刊物編輯室移至圖書館，便於工作。

三、縣府每期購進刊物三百冊，七折優惠。經費由文化局支付。

縣立圖書館走了兩個戰鬥英雄，卻招來了葛弗這位勇將，確是對方料想不到的事。葛弗是詩人，他懂得詩，瞭解詩歌走向末路的原因，每月總聘來知名學者作專題報告，聽眾常發生大排長龍的現象。

葛弗在一次演講中指出：詩歌、小說、散文、戲劇，乃是文學作品的形式。形式無所謂新與舊，只有好與壞、單薄與豐富、蒼白與渾厚而已。他提起郭沫若在一九五九年說過：「多年以來，我是愈加體會到：新詩，真太難寫了。所以當詩興偶發，每每提筆成舊體詩。毛筆字、文言文、舊體詩，三者像長袍馬褂皮帽一樣，是配套的。」

葛弗提到咱台灣新詩界，一個暑假就從「青年現代詩創作營」冒出來幾百個詩人，他們經過短短的兩三個禮拜的文藝活動，就成為詩人！天下竟然有這等容易的事麼？自欺欺人的手段，無法瞞騙明眼人的眼睛。葛弗以苦口婆心的精神，力挽新詩界的不正之風。

夏嘉澍進了官場，才知道自己掉入醬缸，若潔身自好，不同流合污，那便無法混下去。首先是必須適應官場的習慣，僅以應酬而言，就是難關。老夏只是小官僚，同僚相互飲宴、喝酒猜拳，若掌握不好，就得被擠出官場。只有酒量好、能為上級代為喝酒，才會得寵，否則拿起酒杯，嘴邊小抿一口，一定遭受冷眼相待。其次，官場上談話，最好裝聾作啞、裝腔作勢、八面玲瓏，不急辯、不激動，一派四海昇平氣象。直白地說，不批評長官、不得罪同僚、不問青紅皂白，青菜豆腐豬肉一鍋煮。

老夏進了文化局，幾乎和阿姣陷入離婚狀態。白天見不著面，晚上有時還得出去應酬，深更半夜才回家。阿姣起初忍耐，忍到不能忍下去的時候，她總得發發脾氣吧。

你有多久沒跟我行房了？

大概……快兩個月吧。

胡扯。到今天夜裡，整整一百八十天！半年！

阿姣，我真的是……身不由己，應酬太多。

洪幼姣取出威爾剛藥丸，放在桌上。悄聲說：「你太累，我知道。吃了藥，上吧。」吃幾粒？

隨你。

老夏捏了兩粒藥丸，放進嘴裡，喝了一口白開水，嚥了。沖過淋水浴，他摸進了阿姣的臥房。久未接觸，倒有新婚燕爾之感。

半載不知肉味，老夏覺得其味無窮。藥力催促著渾身的膂力，他忘卻了身體下面的患難之交。等他們癱臥在床榻時，阿姣哭了。

妳哭啥？

大抵兩個月前，阿姣發覺下部有發炎、白帶及不規則流血現象，去診所看，醫生給了些藥吃，卻不見效。前天，阿姣休假，到醫院婦產科掛門診，醫生懷疑有子宮頸癌現象。她很懼怕，所以想起此事就哭起來。

老夏勸她不必緊張，目前台灣醫療先進，即使患了絕症也有治癒的機會。何況初步檢查並未確定病症。他準備下禮拜請假陪她去複診。老夏嘴中的話，說得輕鬆，內心卻擔心不已。不久前，他還憶起柳宗元的話：「精壯暴死，久病延年」，阿姣年逾四旬，正是盛年，她升了清潔隊長，更鼓起全副精力工作。他記得那位唐代文學家僅活了四十六歲，他再想阿姣的年紀，怎不產生緊張而敏感的聯想？

窗外泛出魚肚白，老夏低聲說：「睡一會兒吧，天快亮了。」

次日，夏嘉澍上班時，抽空撥給毛華電話，將阿姣的病情講了一遍。毛華尋思一下，他說子宮頸癌病況差異很大，要快去進一步檢驗，及早治療才行。老夏決定日內帶她去醫院複診。當日下午，毛華親自來辦公室看老夏，並且送來六萬元醫療費。

老夏收了這筆錢，心裡忐忑不安。台灣有句俗諺，「生的請一邊，養的恩情較大天」，從毛華託他協助尋找失蹤的養女起，老夏便有點起疑，因為從年齡、語言和生活習慣，阿姣都有毛華的影子。他不願這猜疑成為事實：若毛華找到了養女，老夏則失去了妻子。如今毛華聽了阿姣的病情，便迫不及待送來一大筆醫療費，這豈不證實了他們是父女關係，同時也宣判阿姣患了絕症？老夏暗自悲哀起來。

毛華帶著老夏夫婦到醫院複診，醫生看了檢查結果報告，確定是子宮頸炎。洪幼姣因為沒有生育，所以她患子宮頸癌機率極低。上次醫師只說類似子宮頸癌，不必動手術或住院治療，只需注射藥物，即可康復。他們出了醫院，便去逛街，買了不少衣物，並在一家北方菜館吃了晚飯，才分手回家。

老夏夫婦想邀毛華搬來住在一起，有個照顧。但是過慣了獨身生活的老人，卻覺得自個兒住，想吃什麼就吃什麼，愛什麼時候起床就什麼時候起床，沒人管束，自由自在。

毛華性格有點固執，開放探親以來，別人時常出國旅遊，他連故鄉山東也沒到過。並非他無感情，而是毛家無人回信。老夏曾勸他給縣委會寫一封信，託他們尋找毛華夫婦家人的下落，毛華始終婉拒。他認為這是給人家添麻煩，沒事找事，惹人討厭。

老夏，你別忘記，咱們是被老共打敗而跑到台灣來的。返鄉探親，不是什麼榮耀的事兒。「相逢一笑泯恩仇」，那是曲解歷史，創造和平假象。老共可以這麼說，咱可別信以為真，那是自作多情，肉麻當有趣兒。

老夏勸他趁著身強力壯，步履穩健，何不到歐美各地觀光，增廣見聞。毛華駁斥他：咱台灣四季如春，風光秀麗，是人間的寶島、樂園。何苦花錢出去受洋罪？他說台灣有句諺語：「牛牽到北京也是牛」，他說將來有點積蓄全都捐給孤兒院。

一日，縣立圖書館葛弗打電話，邀請毛華以退伍軍人身分，到圖書館作專題講演，題目是〈兩岸和平與台灣前途〉。毛華首先向葛館長致謝，他說海峽兩岸解凍二十多年，政府對於兩岸問題，黑箱作業，英美留學生、官僚教授坐在辦公室討論，從來沒請過一個參加過國共內戰的老芋仔開會。這種不成體統的會議，怎會有正確的結果？

您的意思？

不去。另請高明。

毛華剛想撂下話筒，對方又展開攻勢：「毛公，嘉澍和我是莫逆之交，請您辛苦一趟吧。」

毛華冷靜下來，向對方談到兩岸問題，錯綜複雜，不是問答題，而是一篇政治論文。首先從勝利的一方提出，和平統一，它的內涵是什麼？拋出的議題是國共不再對峙，然後進行統一。這個統一，它到底是「停戰」還是「投降」，雙方雖未說明，但司馬昭之心，任何人都清楚：號稱十三億人口的大陸，若跟兩千三百萬人口的台灣統一，這不是併吞是什麼！毛華繼而指問：為啥你方早不談統一，晚不談和平，偏在海峽兩岸對峙四十年後，心血來潮，拋出這個議題，葫蘆裡到底賣的啥藥？

從話筒傳來葛弗的笑聲。

毛公，說得好，精彩！你這些話說出來，就是一篇激動人心的演說！

毛華認為海峽兩岸的國共領導人，沒有共同的語言，他們也無權力決定和平統一問題。因為中國大陸的統治權，握在老共的手上，台灣的統治權遵照民主憲政的原則，國民黨只是多數黨中的一黨。其次，既然老共宣布和平統一，為何限制台灣掛國旗、唱國歌，這豈不是把台灣視作「中華人民共和國」的一個行省，沒有簽約便把咱兩千三百萬人拴住頸子嗎？

毛華的觀點，葛弗完全贊同。若能聘請他去作專題演說，一定造成轟動。不過，毛華放下話筒，卻變成了莎翁筆下的Hamlet，猶豫不決，舉棋不定；對方再三催促，毛華竟然人去樓空，連電話也變了。葛館長託老夏去催，也撲了空，因為連絡不上。

對於兩岸的敏感課題，重要。但在官場上卻閃避它。因為說多了便出差錯。老夏為此事思索很久，覺得毛華失信，有他的隱衷。執政當局，怎會把老芋仔放在眼裡？只有選舉的時候，或許想到這些退伍的老兵。他們將這些人視為「鐵票隊伍」；即使置之不理，他們也不會投其他候選人的票。完全錯了！毛華從開始選舉以來，將近半世紀，他投的候選人，都是聽取了對方競選講話，以及政績而決定的。

過了將近半日，毛華才帶了一瓶孔府家酒，走進老夏的家。

你去了山東？

是啊。

毛華表示，他當時答應葛館長的演講，一時情感衝動，後來，反悔了，因為不應該做這種蠢事。忘了自己的身份，這種攸關國家大事，一個老芋仔去議論，正如螳螂擋車，不自量力。於是，毛華藉此機會，躲起來，返回故鄉，轉悠了半個月。

談起葛弗，有點慚愧。其實葛弗並沒有動怒，他很理解毛華的複雜而矛盾的心情。參加軍隊，為了救國，最後在島上退役，過著孤獨寂寞的生活。像山野間被扔棄的破草履，任由風吹雨打，無人過問。

毛華聽了這話，心裡才踏實下來。阿姣炒了兩樣小菜，讓兩個男人喝酒聊天，她去包餃子。這次回鄉旅遊，毛華聽到鄉情，更湧起不平的情緒。往昔年輕人上山下鄉，勞動改造，如今穿紅戴綠，發家致富。難道過去幾十年的社會主義道路，走的不對麼！

山東的幹部，比咱台灣年輕吧？

毛華點頭。年輕化，縣級領導，三十多歲。學歷也上來啦。不過，有些酒量不錯，半瓶白酒下肚，面不改色。

有貪污的嗎？

毛華朝廚房瞄了一眼，低聲說：爺倆兒比雞巴——一個屌樣。

水餃端上來。兩個男人直笑。阿姣莫名其妙。她說：「趁熱吃，牛肉餡兒的。」

老夏一面吃，一面找具體的問題詢問毛華。他問：「如果在青島買到合適的房子，你想不想搬去住？」

阿姣端齊了水餃，也坐下來，向毛華敬酒。她抿了一口，急忙說辣。毛華提起大陸的白酒不錯，香醇可口，不過假酒充斥市場，讓人摸不清楚真偽。汾酒、茅台、瀘州大麯，如果找不著門路，很容易買到假貨。

毛華過去到過葉家坪，那是數年前的事。在改革開放大潮中，大陸的城鄉生活品質發生翻天覆地的變化。不過，官僚作風，不講公共秩序，依舊如昔。有一次，毛華從青島搭飛機去煙台，班機升火待發，卻一直不能起飛。天熱，旅客怨聲載道，服務員哼而哈之，應付旅客。直到半小時後，一位貴客在隨扈簇擁下，走進了頭等艙。三分鐘後，飛機滑出跑道升上萬里無雲的藍空。

什麼大人物？

青島市委副書記。

老夏嘿嘿笑。

毛華在濟南搭巴士，逛商埠。候車站哪怕小貓三隻四隻，也是呼朋引伴，拚命擠上車搶座位。他吃下一個水餃，心平氣和地說：「咱台灣坐公車，還比那邊守秩序。我每次坐車，總有年輕婦女讓我座位。弄得我怪不好意思的。」

你聽到過有人發牢騷麼？

毛華在曲阜飯廳吃飯，一位老鄉坐在他旁邊，批評當前小青年品德惡劣，滿腦袋是人民幣。他在年輕時，學習雷鋒的「公而忘私的共產主義風格，奮不顧身的無產階級鬥志。」這些話令人感動。

毛華曾問他：「咱們走的發家致富路子，對於國家還算好吧？」

那個老鄉點頭。他說社會主義目前正處在「初級階段」。第一，中國是社會主義，因此必須堅持而不能離開社會主義。第二，中國既然仍處在「初級階段」，必須從實際出發，而不能超越這個階段。在近代中國的具體歷史條件下，不承認中國人民可以不經過資本主義充份發展階段而走上社會主義道路，是革命發展問題上的機械論，是右傾錯誤的重要認識根源；以為不經過生產力的巨大發展就可以越過社會主義的「初級階段」，是革命發展問題上的空想論，是「左」傾錯誤的重要認識根源。

毛華說過這段話，轉頭問老夏：「你聽懂了麼？」

老夏苦笑，搖頭。卻重複問起他提過的問題：「你有沒有回山東安度晚年的打算？」毛華拊掌大笑：「目前正值社會主義初級階段，我必須從實際出發，不能超越這個階段。安度晚年的計劃，等到了晚年再說吧。」

你回去半月，就把人家的教條主義學來了。佩服。

兩人扶肩挽背，走向了沙發。

毛華喝茶時，才說出了他的掏心話。他打算在縣郊的山坡地，買一塊菜園，搭起工寮，將來種植果樹、蔬菜，一則維持生活，二則藉以鍛鍊身體。這個計劃原想過幾年再說，如今返鄉探親回來，觸動了毛華當機立斷的決心。

行。你的打算，很對。

阿姣聽了，非常興奮。她央求毛華把收穫的蔬菜瓜果，批發一部分給她，她帶到傳統市場去賣。

清潔隊長咋辦？

退休。

毛華當然同意。不過，這得等兩年再說。

老夏在縣政府文化局，心情並不順暢。有些事情看不慣，卻無權過問。兩岸文化交流，局長過份重視「外來的和尚」。老夏對文化藝術內行，那些空頭詩人和小說家，走上講壇就批評台灣這不好，那不對，目中無人，態度驕傲。臨走不但大撈一筆，而且出書、展覽，在名勝地遊山玩水，帶回大批台灣名產……

毛華勸他，忍耐。

夏嘉澍瞭解中國大陸人多，作家也多，但是，兩岸交流，咱台灣歡迎優秀的作家，能夠帶動咱們的作家進步。偏是對岸的不入流的詩人、評論家跑來撈鈔票，把台灣人看成凱子，這種文化交流豈不作法自斃！

你為啥不向局長提意見？

老夏說，這種事情非常複雜，能夠來台灣的，都有人護航。有背景，有來頭。上海人最厲害，得罪不起的。

毛華激動地說，既然如此，何必多說？台灣有的是鈔票，讓他們撈吧！撈光了，文化就不交流了。他拍拍衣袖，走了。

夏嘉澍的煩惱，引起阿姣的強烈不滿，既然人家重用他，他應該堅守自己崗位，做好秘書應做的事，何必越俎代庖，批評主管的政策方案呢？

我看不慣，心裡就不舒服。老夏說。

你看不慣的事可多了，電視節目爛、演員沒素質、記者沒水準、官僚像小丑流氓……夏嘉澍，你應該知道自己的身份，一個沒有退休俸的老芋仔，靠每月領一萬兩千元就養金生活，你管那麼多的事情做啥？

老夏起初不服氣，思索一下，也就沉默下來。

長夜漫漫，老夏輾轉床側不能入夢。他蹲在家，沒人理他，甚至沒人打電話，夏嘉澍猶如世界上被遺忘的人。如今，劉浩功拉他進了政府機關，每月還領到一份優厚的工資，他卻挑剔起政策來。阿姣的埋怨話，有道理，老夏確實忘記了自己的身份。

阿姣輕聲推門進來，端了一盤剛烤的吐司，一杯牛奶，放在桌上。

吃了它，你才睡得著。

老夏翻身起來，走近書桌，喝牛奶。抬頭瞅阿姣：「我明白了。是我不對。」

阿姣苦笑，搖頭。她說台灣受委屈的人，遍地皆是。她們清潔工中間，有個三十歲的帥哥，政治學碩士，靠了每月一萬八千塊錢養家餬口。他能沒有牢騷麼！

老夏突然醒悟過來。坐在他眼前的洪幼姣，小學畢業的清潔工，竟然比他修養好，懂事理；自己雖然看了那麼多的書，卻是一個書獃子。他暗自慚愧起來。

阿姣安慰丈夫，若覺得工作不愉快，可以隨時提出辭職。老夏是約聘人員，非編制內公務員，沒有限制與保障。阿姣盼望他以「合則來，不合則去」的態度，決定去留。因為生活並不成問題。

老夏笑了。想起毛華買山坡地蓋工寮種植瓜果蔬菜的事，將來他願意搬到鄉間過田園生活。空氣新鮮，陽光充足，他們可以在山野間安度晚年。

那年黛娜颱風掃過台灣東北角，造成風雨災害。中秋節在風雨中度過。三天假期後上班，卻是豔陽高照。劉浩功邀他一起吃午飯。談了一些閒話，劉浩功才切入正題。夏嘉澍到文化局以後，局內同仁對他的學識能力，都很讚佩；對於他的半生潦倒，寄予同情。因此同仁都盼望老夏能通過高考，具有公務員任用資格，將來工作有發展，退職後有生活保障。節前，人事部門曾向劉副局長表示，若是夏秘書考取高等考試，他們將簽請以十職等任用，將來退休可拿到一筆優渥的退休金。

老夏吃著，聽著，捂嘴直笑。

你的委屈，我知道，連縣長也知道。但是，過去的事，沒有辦法追究。只有把握最後這個機會，加油。行唄？

老夏充滿感激地說：浩功兄，我快六十歲了。你說我再去考那些政治學、經濟學、憲法，我對那些毫無準備。再說，錄取率低，我考得上麼？豈不白花報名費？

關於老夏的這種想法，劉副局長也考慮過。他勸老夏犧牲兩三個月的時間，利用晚上、假期，把高考的書籍翻它一遍，通過高考，應該有點希望。老夏心想，是啊，人人有希望，個個沒把握。

老夏默不作聲，苦笑。

那天傍晚快下班時，一個工友送來一包書。說是「劉副局長送來的」。老夏打開一看，愣了，原來是一堆應付高考的參考書。躊躇片刻，終於決定下班時帶回家。

回家，老夏把這堆書塞進書櫥一角。半月後，才拿出來翻了一下。不翻不知道，一翻嚇一跳。枯燥、乏味，而且茫然不解。於是，他又塞返原處。阿姣勸他，慢慢看，也許就看下去了。他拿出一冊書，慢慢看，不懂就是不懂。大學教育四年，四年所讀的課本，翻一下就融會貫通麼？

日出日落，早出晚歸，轉眼間三個月過去了。

那天，電話鈴聲響起。拿起話筒，是劉浩功的聲音。

嘉澍兄，今天起，高考開始報名。報名表我已託人送到你辦公室。填好了，寄出去吧。掰掰！

謝了。我會遵命辦理。

老夏，祝你金榜題名！

夏嘉澍參加高考，請假。他得親自到台北市一座學校應試。過去，那是好多年以前的往事了。他在三九團作戰組任軍委四階繪圖員，參加陸軍官校二十四期初試，毛華陪他去的。老夏視力不太好，勉強通過。考試時，他並不緊張，題目不甚難。也許他的字寫得好，竟然稀里糊塗錄取。放榜後，作戰組長召他談話，對於他初試及格，恭賀一番，繼而對他到鳳山複試，不抱樂觀。作戰組長盼望他放棄這個機會，專心在三九團服務，作戰組長保證他的前景，一片豔陽天……

老夏握著原子筆，心裡五味雜陳，難過至極。到了這把年紀，還跟年輕人爭飯碗，淚不由地奪眶而出，只得掏出紙巾拭鼻涕。監考人員在旁監視著他，以為他的紙巾是「小抄」。老夏卻低聲說，「我不是感冒，是鼻孔過敏。」監考人員朝他發怔，聽不清夏嘉澍的話。

一天考下來，他才鬆下一口氣。心想：「我總算對得起老劉了！」走到廣場，發現一群人正振臂吶喊，不知抗議什麼。夏嘉澍多年沒到台北市，很想去桃源街吃一碗牛肉麵。人愈聚愈多，彷彿正等候某人前來發表演說。

等我麼？夏嘉澍茫漠地想。

他慢慢向著廣場走，內心默想將要發表的演說稿。是的，他的靈感是剛從考場獲得的。考試，才會測驗出作公務員的基本學識，它是正確的。從古代科舉制度，直到目前的普考、高考，皆是以平等為原則。不過，我要請問最高當局，為啥有人從海外留學回來，不用考試，坐直升機似的當上部會首長，這是他媽的什麼人事政策？這不是欺侮老實人麼。媽的！不公平吧！

夏嘉澍愈想愈激動。人群逐漸散去，彷彿不願意聽他的演說。他感覺到肚子嘰哩咕嚕叫，人是鐵、飯是鋼，老夏只得轉路朝桃源街走。走進那家熟悉的牛肉麵館……

吃麵的時候，老夏仍舊思索他的演說稿。不行，過份衝動，飆出了髒話，這豈不「教壞囝仔大小」，且引起群眾的反感？只有冷靜，以理服人、以情感人，才會獲得廣大群眾的認同。難怪人群散開，不願聽我上台講話，這又是失敗的經驗……

正站起來付麵錢，發現劉浩功喘吁吁從外面走進麵館，喊了一聲：「嘉澍，你在這兒！」老夏嚇了一跳，讓他吃麵，他說吃了。

你來台北做什麼？

我去學校找你，你早交卷走了。怎麼樣，還滿意吧？

老夏點頭，苦笑。

歸途，高速公路寬闊而平坦，車輛多。陽光在輕薄婚紗般的雲層露出笑靨，正普照著美麗的大地。

三

夏嘉澍高考落榜，預料中的事。他心裡明白，既無志願也無興趣。這些埋在心底的祕密，無法向別人說清楚。他有滿腹的牢騷，像濁水溪流水，流向那茫漠的台灣海峽……

過去他和阿姣初婚階段，租屋居住。房東的勢力眼，一直在老夏蒼白的臉上瞅望，懷疑對方能否按月繳出房租？他是敏感的人，自動地先繳半年租金，再搬進去住。房東才心中石頭落了地。

隔壁住著山東老鄉，入夜，一群牛鬼蛇神，喝酒打牌，吵聲震天。而且隨地便溺，臭氣四溢。午夜夢迴，突然有人把麻將牌朝桌上一甩，啪地一聲，自摸！接著是一陣激烈的笑聲。

唉！夏嘉澍用棉被蓋上頭。什麼時候有了錢，買一棟房子，逃離這鬼地方，聽不到這種亡國滅種的麻將聲。他的心事，阿姣茫然不曉，一直壓在心坎上，事隔多年，阿姣也不知道。

對於麻將，它始於清朝。牌分萬、條、筒三門，每門自一至九，各四張；另加中發白東南西北各四張；以先合成四組另一對牌者為勝。從夏嘉澍在十八歲參加三九團起，他就在葉家坪看到民眾打麻將，樂此不疲。老夏販售舊書多年，卻找不到一本有關麻將的史料，引為憾事。因為他想寫一冊《麻將史》。

麻將的變化無窮，引人著魔，所以它算是麻痺民心士氣的娛樂之最。據老夏考證，老三九團的老芋仔，有一半是靠打麻將活下來的。最後進了國軍公墓。他們靠著這一百三十六張麻將牌，忘記故鄉，忘記葉家坪，忘記團司令部朝南流竄，後面的「人民解放軍」持槍猛追；一面高唱「宜將剩勇追窮寇，不可沽名學霸王」……

對於麻將，老夏真是愛恨交織，終身難忘，它比高等考試重要千倍。

一日，夏嘉澍請詩人葛弗便餐，提起此事。

在你看到的文藝作品中，詩、散文或小說、戲劇，有沒有以打麻將作題材的作品？

葛弗想了半晌，搖了搖頭。

這種麻痺人心、亡國滅種的娛樂，不寫。詩人、作家難道都是白痴？

葛弗思索了一下，驀然醒悟：「老夏，這是你偉大的發現！」接著，葛弗回憶新文化運動將近百年，從五四運動起，還沒有出現一篇有關對麻將戒懼文章或詩稿。他讚揚夏嘉澍像哥倫布發現新大陸一樣。

如果把麻將題材寫進小說或戲劇，可能困難；但是把它寫成現代詩，我想這該不是困難的事吧？

葛弗笑了。他說，這不是困難的事，卻是不願做的事。詩人，特別是當前台灣有了名氣的詩人，自鳴清高，精神貴族，不接近群眾，不觸碰現實，他們都具有不沾鍋的學院派性格，他們怎會去寫打麻將的題材？何況打麻將涉及政治問題，詩人是最會躲避而忌諱政治的。

媽的！夏嘉澍狠狠地罵了一句。

新詩，從五四新文化運動，便被胡適搞得輕薄短小，不倫不類了。最近，葛弗發現胡適一首從未發表的情詩，寫給那個被胡博士始亂終棄的曹誠英的。他以《如夢令》的詞牌，套上白話的肉麻當有趣的詩句，寫出下面的新詩：

月明星稀水淺，
到處滿藏笑臉。
露透枝上花，
風吹殘頁一片。
棉延——棉延——
割不斷的情線。

五四「新文化大師」寫的新詩，尚且如此，其他詩人夫復何言？胡適這首小詩，卻有白字。「棉」顯係「綿」字之誤，「棉延」一詞，你去問孔子、屈原、李白、韓愈也會搖頭，不懂。

夏嘉澍告訴葛弗，他曾遍尋有關麻將史料，卻找不到。他曾打算寫麻將來歷小冊子。葛弗覺得它的發展與流傳，並不重要，麻將的害處才是迫切的事。上海有個詞彙「殺時間」，打麻將是「殺時間」最佳娛樂工具。人到晚年，若愛打麻將，則歲月皆在不知不覺中消耗淨盡。這是中國的獨特生活文化，外國人茫然不解。

葛弗提起清朝末年，李鴻章陪同洋人到上海參觀，洋人看到茶館的人聲鼎沸，他們聚集一起品茗、聊天、吃點心、聽鳥鳴，一派得過且過混日子景象。那個洋人竟然感觸良深，說了一句重話：「看中國人的喝茶，就可以看到這個國家沒有希望。」葛弗說：「這個洋人的話，李鴻章聽了不高興，我聽了也不高興；不過，別人對咱們國人生活文化的觀點，應該思索一下，才有進步。若是那個洋人發現咱們打麻將的情景，一定更瞠目結舌，大驚失色吧！」

有關打麻將的話題，傳到劉浩功的耳朵裡，他覺得滑稽有趣。老夏對高考的事，毫不在意，卻關心這些無聊的閒事，實在感到失望。那天開會碰面，劉浩功提起明年參加高考，若能錄取，還趕得上晉升機會，否則今生今世再也不能做公務員了。老夏暗想，早在上世紀五〇年代，政府就喊出「反攻大陸」的口號。後來等待了數十年，依然守在台灣澎湖和金馬前哨幾個小島上，島上的軍民還不照常日出而作、日落而息；即使做了軍公教人員，到了退休年紀還不是仍得回家安渡晚年？這有啥好緊張呢！

你得加油啊。劉浩功鼓勵他。

嗯。老夏苦笑，點頭。內心湧起反感。聽見「加油」，像挨了一記官腔。

阿姣是一個懂得人情世故的女人，她感激劉副局長督促丈夫加油，取得公務員資格，將來生活獲得保障。她也知道，即使考不上，將來也不致挨餓。有錢人吃雞鴨魚肉；沒有錢，青菜、蘿蔔、豆腐更有營養，而且養生、身體沒負擔。

人是感情的動物。每天上班，每天碰面，老夏看見老劉，腦袋裡就蹦出「加油」兩個字。於是，他得抽空看點書，看那些毫無滋味的參考書，應付考試。他想：中國的科舉制度，源遠流長，千千萬萬的知識份子，埋首燈下苦讀，懷抱著「十年寒窗無人問，一舉成名天下聞」的夢想，走向那道窄門。為什麼別人能吃苦，我卻沒有毅力和決心呢！

從別人的口中，老劉得知夏嘉澍加油的情況，他樂了！

老夏專心看參考書，每門科目都投入了精力和心血，他用少年的讀書方法，死記、硬背，每個題目都背得滾瓜爛熟。距離高考的時間愈來愈近，碰見老劉，老劉問他：「沒問題吧？」他總是以謙卑的笑容說：「我想這次應該有希望。」

報名表領回來，正想填表，老夏突然發昏，口眼歪斜，嘴角流涎，不能說話，牙關緊閉。被同事送到醫院掛急診，醫師判斷夏嘉澍患了顏面神經麻痺症，中醫稱作「小中風」，應住院治療。老夏急得要命，想託人代為報名，嘴巴不能說話，雙拳緊握不能寫字，誰也不知道他想做什麼。

放心，夏太太馬上來。同事安慰他。

醫師說，只要住院一週，即可回家。但是，這正是高考報名和考試的時間，他只得躺在病床上空著急，難過。想起劉副縣長的話：「今生今世，再也不能做公務員了。」老夏的熱淚淌了下來。

老劉跑來醫院看他，安慰說：留得青山在，不愁沒柴燒。身體比啥都重要，看開點吧。

夏嘉澍想，我早看開了。命中不能做公務員，強求不得。如今只有求神問卜了。過去他瞧不起算命的江湖術士，認為那是封建迷信，如今他開始轉變了。從古代起，先人便以火灼龜甲，以那灼開的裂紋來預測行事的吉凶。他想，這不是迷信。《左傳》上記：「卜以決疑，不疑何卜？」

老夏出院後，便遞了辭呈。縣長勸阻他：「嘉澍，你離開之後，有啥打算？」

「到公園擺卦攤，給人算命。」他斬釘截鐵地說。

縣長仰頭大笑。

不行，這不是個正職。我不同意你離職。縣長帶著不捨的聲音說：「嘉澍兄，你為縣政府做了不少事情，有功勞，也有苦勞，我怎麼能放你走？離職的事，暫緩吧。」

自從患了顏面神經痲痺症，夏嘉澍的面容顯得蒼老，內心也變得悲觀起來。他對社會的任何事物，都覺得冷漠疏遠，彷彿他是一個從外星球來的人。葛弗邀他去圖書館演講，婉拒。約他吃飯，他說近來業務忙，以後再說。其實老夏故意推拖，拒絕外界的來往。

毛華對老夏的性格，瞭若指掌，他勸阿姣帶丈夫去醫院看精神科醫師，醫師也確定老夏患了憂鬱症。

夏嘉澍得憂鬱症的事傳播開來，縣議會議論紛紜，公開批評縣長用人唯私，將一個精神病患者聘為機要秘書，這是何等讓納稅人感到羞辱的事！於是，在這種壓力下，老夏只得辦理退職，在他卻是如願以償的事。

回了家，老夏精神負擔卸下，不到半年，憂鬱症竟然不藥而癒。

他將從縣政府領來的遣散費，悉數投資在老毛購置的山坡地上。建造工寮，種植瓜果蔬菜，他二人累得汗流浹背，卻樂不可支。眼看菜圃有了收穫，便有菜販前來收購。兩個老芋仔做生意，外行。只得請了一個菜農幫忙。

菜農四十出頭，身體很壯。算帳快，一眨眼便說出數目。服兵役時當砲兵，在烈嶼待了兩年。他的名字應該去戶政事務所申請更改，因為任何軍人聽了都嚇一跳。

有一次，炮兵部隊集合，接受師長檢閱，點名。師長拿著名冊，喊著：

林彪！

「有！」他舉起右臂，大聲地回應。

師長凝望著他那被陽光曬紅的臉，悄悄地說：你不是在蒙古墜機身亡了麼？怎麼參加了我們七十八師？

陪同檢閱的官員低聲竊笑。

師長轉頭囑咐部屬，要好好照顧林彪同志，他是客人，是戰將，黃埔四期出身。

這個笑話傳遍了烈嶼，林彪因此出了名。他對數學很有天才，部隊的砲兵觀測員，都趕不上他。他家就住在毛華的菜園北邊約兩公里的林厝村。

當年林彪的條件可以報考陸軍官校，老夏覺得他是砲兵人材，不應錯過這個機會。林彪告訴老夏，他對於兩岸的砲戰，殺害的都是炎黃子孫，非常反感。因此他寧肯回家種菜，也不投考軍校。如今，林彪已有了一兒一女，他的妻子是高中同學。

毛家菜園在短暫的兩年之間，成了全縣傳統市場瓜果蔬菜批貨地。凌晨，貨車在山坡路上大排長龍，高麗菜、白菜、豆角，韮菜、菠菜、茄子、黃瓜、南瓜、絲瓜、冬瓜、紅辣椒、木瓜，裝箱批售。毛華董事長、夏嘉澍總經理、林彪是業務經理，許多菜販都喊他老闆，他聽了直笑，日久天長，聽習慣了，也就適應下來。

毛華對於「林老闆」的意見，言聽計從，不打折扣。林彪也以「士為知己者死」的心情，為毛家菜園做事。園內的工人，都是林彪召聘來的。

每逢颱風過境，風雨交加，市場的青菜形成缺貨現象，價格猛漲。這是毛家菜園賺錢的時機。毛華、夏嘉澍的意見，適可而止，不必剝削小市民，因為於心不忍。林彪卻不同意他倆的婦人之仁，商人即以賺錢為目的，否則不必從商。雙方意見不合，爭執不休。

林彪的觀點具有全面性和客觀性。全縣的蔬菜批發地無法統計，毛家菜園只是濁水溪中一塊岩石，怎有掌握菜價的影響力？即使減價出售青菜，也有「撿起芝麻，漏了西瓜」的負面作用。顧客並不知道，也享受不著絲毫利益。同時會引起一些蔬菜批發商的敵對心理。

夏嘉澍聽了，不再吭聲。

這種做法，搬起石頭砸自己的腳。毛華恍然大悟，終於作了檢討。

聽你的！林老闆，你說咋辦就咋辦。

林彪笑了。

做生意和作戰一樣。在戰略上要藐視敵人，在戰術上要重視敵人。偏是那年颱風多，青菜一波一波，芝麻開花——節節昇高，咱台灣人吃米飯配青菜，再貴也得買。毛家菜園確實賺了不少錢，這是林老闆戰術的勝利。

毛家菜園擴展開來，旁邊一塊平坦地，如今正聽到一片轆轆的機械聲，吱吱的鑽探聲，尖銳刺耳。工人正修建房屋，那是毛華、老夏夫婦準備安渡晚年的住所。

中秋節，縣文化局劉副局長帶了一批職員和眷屬，到毛家菜園山坡地烤肉，看到他經營的菜園，一派繁榮，感到羨慕。提起過去催促他參加高考，確有抱歉又慶幸之感，「好佳在」沒去當公務員。夏嘉澍知道劉浩功是好意，但是他的考運不濟，無可奈何。

劉浩功在官場也不得意，因為他性情直爽，得罪了人，卻不知道。對於嘉澍，他確是難捨這個志趣相投的朋友。劉浩功轉告嘉澍，勸洪幼姣急流勇退，辦理退休，因為近年來失業率上升，不少高學歷的青年找不著工作。再說阿姣工作過份勤奮，身體也不甚好，時常到醫院看門診。這會影響家庭的幸福。劉浩功還讚揚葛弗把縣圖書館文藝活動辦得有聲有色，在全台灣的考評記錄，一直列為冠軍。這是難得的成績。

關於阿姣退休的事，老夏曾催過多次。菜園生意好，根本不需要她再做事。從前有一度懷疑患了子宮頸癌，虛驚一場；病情，卻難根除。她比以前瘦了，也蒼老了。聽了浩功的勸告，決心教她年內退休。

中秋節後，林彪找老夏請求離職。這可是晴天霹靂，使老夏措手不及的事。問他有啥苦惱，設法解決，林彪低頭微笑。老夏便將此事推到毛華身上，因為他是毛董事長聘來的。隔了數日，毛華終於揭開林彪請求離職內幕：目前批售青菜的生意，非常忙碌，會計李寶是得心應手的中心人物。她頭腦靈活，出入帳目從無差誤，深獲林彪信任。朝夕相聚，日久生情，李寶竟然愛上了業務經理。男追女，隔座山，女追男，隔層紗。李寶的皮膚皙白，身體稍胖，波霸性感。她正值虎狼之年，守寡三載，進了毛家菜園。李寶不在乎工資待遇，卻偏愛猛男帥哥。李寶碰上了阿彪，恰似乾柴燃起烈火，燒向了浩瀚的夜空。林彪是有婦之夫，在林厝村是耕讀世家，他做出這種偷偷摸摸的事，實在有點懼怯，若是傳揚出去，他怎有臉見人？

你準備放林彪走？

不行。他走了，咱們的生意咋辦！

林彪的困難怎麼解決？

加薪，慰留。教他收斂一些，免得惹出麻煩。毛華還轉告老夏，關於他兩人的畸戀，咱充耳不聞，裝作不知道。

幸虧林彪妄想離職的事，李寶茫然不曉，否則一定惹出軒然大波。自丈夫病逝，她膝下無子女，形單影隻，寂寞難熬。驟然遇上一個猛男，讓她嚐到幸福的滋味。阿寶像在湍急的河水中爬上一條舢板，怎捨得把它輕易放過？

那晚，兩人在山坡一棵樹下幽會。月黑、風靜。野合過後，林彪首先打破寂靜的氣氛。

阿寶，想不想去花蓮工作？有家大理石工廠缺會計，我可以推薦妳去。工資比這裡高一倍。

你呢？

我隨後再去。

隨後是猴年馬月，把話說清楚。

只要毛董事長找到業務經理，我就走。

阿彪，你想甩掉我，是唄？你若是有甩掉我的念頭，我咒你不得好死！

林彪摟住她那性感的胴體，逗她笑了，才鬆開。「我怎麼能捨得離開妳？阿寶，妳是我的心頭肉、命根子。離開妳，我是活不下去的。」

不用客氣，林經理，你會打砲，女人都喜歡砲手！

聽了阿寶的話，使林彪啼笑皆非。他聯想起毛華曾以充滿感情的聲音，勸他以慧劍斬情絲的決心，切斷這段畸戀。杜甫有兩句詩，「使君自有婦，莫學野鴛鴦」。這不是正大光明的行為。毛華是行伍出身，他背誦起兩句話，給林彪聽。「將軍戰馬今何在？野草閒花滿地愁」。林彪陷入情感進退維谷的境地。

老夏對林彪和李寶的畸戀深入瞭解後，做出了決定，如果兩人不及時斷絕往來，就得當機立斷，逼迫一人退職。他先和林彪密商，林彪想退職到花蓮求發展，那家大理石工廠的負責人，是他的學長。他將可攜帶妻兒搬去花蓮，就任工廠業務經理。於是，在林彪離職前夕，老夏接見了會計李寶。李寶此時仍舊身陷五里霧中，不知夏總經理的意圖。

老夏首先讚揚李寶對菜園的貢獻，表示感激、肯定，繼而說明為了擴展經營，在人事安排上做了調整。他說，毛董事長已經批准，聘任李寶從下月一日起，調升業務經理兼會計，工資也做了一定的調整。

林總怎麼辦？李寶驚訝地問。

另有安排。在人事尚未公佈以前，請妳保密。老夏送走李寶時，囑咐說：「如果妳有意見，請妳在月底以前通知我。」

月底是下禮拜日，僅有五天的時間。林彪以迅雷不及掩耳的戰術，遞交了辭呈，毛華當即批准。贈送一筆很大的遣散費，此事很快的傳揚出去。林厝村民都誇獎毛華很厚道，有人情味兒。關於林彪和李寶劈腿的緋聞，不多久便被湮沒而淡忘了。

洪幼姣辦了退職手續，離開清潔隊。她監督修建住宅。從不插手菜園的經營事務。羅患糖尿病，需注重飲食。她和丈夫進餐，早已分開，上午來山坡地，傍晚回城睡覺，仍舊過著規律的日子。

毛家菜園的蔬菜批發，通過林彪的經營，打下了基礎，如今李寶蕭規曹隨，駕輕就熟，很快地步上了軌道。而且從營業額來看，確有後來居上之勢。毛華待人寬厚，任何事放手讓部屬去做，所以李寶挖盡心思，成為理想的業務經理。

當初，這兩個老芋仔搬來山坡地種植瓜果蔬菜，原存隱居的念頭，在國共內戰受盡了生離死別的苦難，想在晚年歡度安穩寧靜的歲月。做了蔬菜批發生意，竟能如此蓬勃，這倒是他們料想不到的事。

李寶接任業務經理，做了改革措施，她提出今後在種植果樹上應該選擇優質的品種，例如水蜜桃、梨、蘋果和芒果。價位高，受人歡迎。淘汰一些不值錢的青菜蘿蔔空心菜。其次，她計劃將毛家菜園建立為旅遊景點，在目前工寮營業站的原址，擴建成一座大廈。讓旅客前來購買台灣最高檔的水果，送禮、自用兩相宜。她提出三年計劃，在一面營業、一面栽種，以兩條腿走路方式逐步前進。

這個改革方案，獲得毛華和夏嘉澍的激賞。

老夏說：為了種植優質的水果，必須派出農業人材出去選購種籽，僅以山東來說，煙台的蘋果、萊陽的水梨、肥城的蜜桃馳名全國。但是由於故步自封，不求發展，產量一直無法突破。他說：「董事長和我都是山東人，我們都沒吃過這種優質的水果，因為家裡窮！現在，咱們把這三種品味高的水果引進來，讓咱台灣人吃，我心裡高興……可惜俺的牙，如今不能啃水果了……芒果還行……」

李寶說，她已經託人去研究菲律賓宿霧芒果的栽種技術。宿霧的芒果，粒大，金黃色，甜而不膩，讓人百吃不厭。她說：「將來，不出三年，我得讓宿霧芒果變成台灣芒果！」

掌聲和歡呼聲，掀風撥浪。

新居落成，縣城公寓脫手，老夏夫婦搬來，阿姣時常掃地、拖地，在廚房幫忙煮飯、洗碗，誰也不認識她，以為她是李姐找來的佣人。

阿巴桑，妳叫什麼？有人問她。

阿姣。

誰介紹妳來的？

搖頭，似乎不懂。半晌，她說：我自己叫我來的。

廚房的女孩笑成一團。

有人提醒阿姣，進毛家菜園應辦手續，否則領不到工資。

阿姣依舊埋頭洗碗，傻笑。旁邊的女工感到詫異，以為她有神經病，頓時緊張起來。

夏嘉澍帶著李經理來了，後面跟著一群工人。老遠，老夏就喊：「幼姣，我到處找妳，妳跑這兒洗碗作什麼。身體也不好，還在吃藥，回去吧。」

阿姣埋怨丈夫：「你囉嗦什麼？」

別洗了。走吧。老夏催促著說。

回去幹什麼。大眼瞪小眼，吵架。

後面的工人哄然大笑。

阿姣投入工人的行列，許多女孩親熱地圍攏著她，喊她「阿姣嬸」，爭先恐後為她盛飯、倒茶、端果汁。阿姣的病情明顯地穩定下來。

老夏擔憂她的病情，看到她能吃、能勞動，感到愉快；他怕阿姣驟然離他而去，他的精神一定崩潰。老夏不願意老伴再操勞家務，勞累了大半輩子，如今應該過清閒日子；偏是阿姣天生勞碌命，閒著無事可做，她反而不習慣。為了此事，兩人時常拌嘴。

阿姣的長處，對於批售水果價格，不聞不問。李寶的性格直爽，她訂的價格，絕不二價，因此和老夏有歧見。李寶的觀點，討價還價，那是地攤上的物品，毛家菜園出售的高檔水果，品質好，對顧客有保證，不必還價。她做過調查研究，台灣人不在乎價錢貴不貴，卻在乎貨品優不優，愈貴的貨品反而銷路愈好。當然，李寶在貨品的品質保證，做了一定的控管。

由於顧客批評「不二價」作風，有點驕傲，發生爭執，引起老夏的注意，曾勸導李寶。李寶當即提出她的看法：寧肯得罪少數顧客，也不能破壞了毛家菜園的風格。最後，老夏只得默聲一笑，走了。

那日，老夏和毛華談起此事，毛華也付之一笑。他想起北京的同仁堂，專售丸散包丹的中藥成品，從不減價，一年三百六十五天，購藥者照樣絡繹不絕。同仁堂的牛黃解毒丸，無論大人、小孩，胃疼、消化不良，吃了馬上見效。你想，怎麼討價還價？

夏嘉澍聽了發愣，覺得「不二價」免得囉嗦，可以穩定顧客的信心，消除深怕自己買貴了的疑慮。李寶的堅持有她的道理。

老夏，放手讓年輕人去幹吧。

夏嘉澍懇切地向對方點頭。

毛家菜園的優質水果上市，生意特好，許多海內外的顧客蜂擁而來。他們也帶走了這家水果行的特點：不宣傳、不二價、不贈獎、無折扣。買回的水果，保證是最上等的品種。進店以後，不管購買或遊逛，都可以免費喝咖啡、紅茶，確使遊客有賓至如歸之感。

有人建議，你們這麼有名，招牌是不是考慮換一下！

毛家菜園，老牌子了，有啥問題？

客人微笑。這個名稱，是不是土了一點？再說，菜園，名不符實啊。

客人的閒話，卻使毛華覺得不安。毛家菜園，確實不妥。僅是「毛家」二字，即有封建意識。當年創辦菜園是毛華拿出來的錢，後來，老夏投資也不少。固然老夏從未想到這個問題，若再這樣下去，將來豈不構成扯不清的事件？

在業務會議上，毛華提出更換「毛家菜園」名稱的議案。引起大家哄笑。大多數主張不必更改，因為「毛家菜園」已遠近馳名，一兩個客人的意見，何必太認真？

不妥，不妥。要改，要改。我愈想愈覺得不對勁兒。毛董事長說：「菜園」，過去種菜、賣菜，批發蔬菜；現在咱已經不種菜了，這不是名不符實嘛。接著，毛華瞅了李寶一眼，鄭重地說：「為了保持本土意識，鄉土氣息，我建議改名為『阿寶果園』，好不好？」

「不好！」業務經理李寶高聲反對，掀起排山倒海的笑聲。爭執、討論了很久，終於拍板定案，更名為「寶島果園」，並派人前往縣城製作招牌匾額。

李寶為了減肥，早晨一杯牛奶，中午木瓜、桃子，晚餐是一盤涼麵。氣色紅潤，青春煥發，呈現愈老愈年輕的現象。客人進店，都誇獎她是個大美人。但是，老夏暗自發愁，這個小寡婦不能在這裡待一輩子啊。

阿姣也很著急。若是把阿寶綑在這山坡上，豈不耽誤了她的青春。

春節，果園職工放假。初二，毛華正在老夏家喝酒，吃水餃，有人來拜年。老夏向客人一瞅，驚訝地說：「林彪，你愈來愈像個將軍了！歡迎，歡迎，毛董也在這裡！趕快坐下喝酒，吃水餃。」

林彪坐下，向兩位前輩敬了酒。他穿著一件皮夾克，藏青色西褲，精神飽滿，眉宇露出幾分英氣。吃了幾個牛肉水餃，他便毫不保留地把近來的家務事，抖了出來。

台灣的離婚率，從上世紀七〇年代起，有逐年增高的趨勢。林彪到了花蓮，在商界忙碌，卻意想不到妻子搞外遇，竟然到了難捨難分的地步。一對兒女都上了高中，離婚豈不拆散了家庭？林彪忍耐下來，以為過些日子，等妻子冷靜下來，分手的事會風平浪靜。

有一天，林太太主動提出離婚的事。

孩子怎麼辦？

我不要。

妳要什麼條件？

我去美國。離婚，送我一萬美鈔作路費，不算多吧。

林彪當時幾乎想放聲大哭。愛情，不，畸戀，劈腿，想不到具有如此魔力，令人鬼迷心竅，忍心打碎原本的幸福家庭。

今年暑假，林彪帶著兒女回了林厝村，轉學。孩子由祖父母照顧，他又回到了讓他心碎的花蓮。

毛華聽了感慨不已。他勸林彪重回寶島果園，接下總經理工作。因為他和嘉澍已到了退休年紀，這座果園的經營，應該有接班人選的準備。

夏嘉澍對林彪的做事能力深具信心，他對果園的經營業務熟悉，人事也熟，不少職工都是他招考進來的，如果林彪投資合作，將來他確是最理想的接班人。

林彪心裡清楚，兩位長者將近退休階段，他來果園是件好事，不過，他如何跟李寶相處？舊情復燃咋辦？他陷入猶豫不決泥淖中。

老夏的考慮比他周到，建議趁春節假期拜年的機會見個面，或是打電話先打個招呼，免得以後尷尬。如今男女雙方都是單身，戀愛結婚沒人再講閒話了。林彪受到鼓勵，當日便跟阿寶聯絡上了，阿寶對於他離婚的事，還半信半疑呢。

春節過去，寶島果園在鞭炮聲中開業，新到職的副總經理林彪，受到全體職工的矚目，有些不認識他的還以為林彪是個香港歌星呢，真是帥呆了！

林彪、阿寶，郎才女貌，他們的戀愛緋聞，引起媒體記者的興趣。老夏也順水推舟，鼓勵八卦記者前來採訪，這對於寶島果園的營業，意外起了廣告宣傳的效果，高檔水果已到了供不應求的現象。

客觀而論，到寶島果園來的群眾，看了媒體照片，多半是衝著帥哥林彪，只有年長的老芋仔，才偏愛阿寶那一對大奶子。阿寶看在眼裡，氣在心頭，有時竟然冒出一句髒話：「幹你娘，基掰！」為了吃醋，免煩惱，林彪李寶的婚事，不能再拖下去了。

婚禮，在縣城狀元樓飯店舉行。證婚人是縣長，女方家長因皆在澳洲，由毛華董事長代表，席開三十六桌，傳播媒體記者數十人，擠得禮堂水洩不通。許多賓客頻頻稱讚，這個結婚場面真夠拉風！

縣長致詞，簡單扼要，希望新郎林彪飲水思源，效忠毛董事長，互相合作、包容，要和新娘子李寶相親相愛，早生貴子……這時果園職工中間傳出笑聲，「嘻！新娘……連老鼠也生不出來了。」

酒宴過後，又開水果宴。賓客驟然從四面八方湧來，品嚐寶島果園的高檔水果。

縣長的致詞，原是即興講話，但是卻給毛華帶來了靈感。他是陸軍官校十八期出身，年紀大，身子弱，他已到了交棒的時候。年終董事會上，毛華堅決退職，寶島果園做了以下的人事調整：

董事長　夏嘉澍

總經理　林　彪

副總經理　李　寶

業務經理　任　勛

會計主任　江秀梅

人到晚年，應該有消遣活動，如果驟然退下工作崗位，整天胡吃悶睡，那早晚會病倒而死。毛華卸下董事長的擔子，不智之舉，每天躺在床上，思念如煙的往事，昏昏沉沉，孑然一身，這樣的生活，度日如年，何等寂寞！

退輔會在台灣設點不少「榮民之家」，讓孤獨的老人住在一起，食、衣、住、行、娛樂都有照顧，真是老有所終的最佳措施。老夏曾勸毛華到「榮民之家」去住，遭到拒絕。而且使毛華翻了臉，覺得他這是無情無義的表現。

林彪也勸他，向毛老分析群居生活的優點，那裡醫護人員，夜以繼日陪伴榮民，照顧周到。可是，毛華總認為進了那種地方，等於進了世界的末日。

阿姣時常做些麵食送來，使他安慰。儘管阿姣沒有喊他「爸」，卻盡了養女的義務。不過，阿姣的病況不見好轉，糖尿病加重，卻又罹患了精神分裂症。她夜間不睡覺，在寶島果園散步、巡邏，她說曾遇到過李師科。

喂，大嫂，妳是洪幼姣麼？我是搶銀行的大盜李師科。

阿姣聽了頭皮發麻，問他：「報上登過，你被槍斃了。」

胡扯，那是煙幕彈，假的。

你跑來這裡做什麼？

聽說寶島果園有的是錢，有高檔水果，我想幹一票。

阿姣警告對方，她有手機，只要碰上李師科，她馬上播一一九報警。於是，李師科轉頭就跑，消失在溟濛幽邃的夜色中。

阿姣夜間巡邏，白天也不睡，兩個眼睛充滿血絲。糖尿病患者若有白內障，非動手術不行。誰也難以把洪幼姣拖進醫院。她成了寶島果園的瘋子，她的話都是神話。

老夏傷心，混到這把年紀，他心愛的伴侶得了精神病，這豈不是上蒼有意折磨他？他想辭卻董事長職位，讓給林彪去做，長江後浪推前浪，這是任何人也阻擋不住的客觀規律。退出領導職務，以優先股拿紅利，同樣維持生活。他找林彪商議，林彪卻堅決反對。因為他雖然具備領導能力，但對果園的資深職工是壓不住的。

誰不服你，告訴我。

任勛。

任勛是雲林西螺人，大學園藝系畢業，服兵役時，作為毛華的私人文書，毛華時任三九團副團長。任勛經商失敗，婚姻也不美滿，毛老體恤舊日袍澤之情，邀任勛投資果園事業。因為只有任勛才真正懂得園林花木的種植方法。

毛華年長忠厚，他不解林彪和任勛的矛盾，如今把他倆綁在一起，林彪是總經理，任勛是業務經理，縱然林彪才能出眾，但是大學園藝系出身的任勛，怎會接受高中畢業林彪的領導？如今，夏嘉澍泛起了愁腸，咋辦？

林彪思考了半晌，終於說出了掏心話。他懇求在下屆董事會中，進行人事調整動議，請任勛作總經理，他作業務經理。至於夏嘉澍退職的事，林彪還是堅持反對，並勸促將洪幼姣送進精神病院療養。

不行。你不知道。她看不到我，大呼大叫，精神一定崩潰。

驀地，阿姣披頭散髮從外面跑進來，氣喘吁吁地說：「毛伯伯，不…省…人…事了！快救他……」

他們以為阿姣講瘋話，跑到隔壁看望，毛老呈昏迷狀態。送到醫院急診，終以心肌梗塞症辭世。

四

毛華生前便委託律師立下遺囑，死後僅有的遺產，包括住宅、寶島果園股份，完全由養女洪幼姣繼承。毛華並留下遺書，他在一九四八年秋，部隊駐防葉家坪，有一位年輕精神病婦女，無法撫養，願付託他人為養女。毛華夫婦膝下猶虛，經友人介紹領養。後來到了台灣，毛華妻子因水土不服，罹患血癌不治，毛華在部隊常到外島，無法撫養，遂將養女阿姣送到宜蘭天主教孤兒院。毛華在遺書中懇託夏嘉澍悉心照顧幼姣，他方在九泉下得以安息……夏嘉澍夫婦看過遺書，相擁而泣。

由於毛華的病逝，阿姣去了醫院，進而到精神科掛門診，服用藥物治療，不到半年之間，阿姣已恢復往昔的模樣。不再胡言亂語，而且每天給丈夫煮飯、燉湯。

一日，阿姣對老夏說，她想去鄂皖邊區葉家坪走一趟，看能否遇上她的母親。

老夏低聲告訴她，早在文化大革命時期，她就在勞動改造中自殺了。這是毛華初訪葉家坪獲來的準確訊息。他說：「只要妳把身子養好，妳母親才會安息。」

我的瘋病已經好了，人家都願意跟我說話。

明年春天，我們參加旅遊團，到日本東京看櫻花，好唄？

不好。阿里山櫻花更漂亮。

接著，阿姣哼起了兒歌，這是小時候養母教她的：

日本鬼兒，
賣涼粉兒。
打了罐子，
賠了本兒。

驀地，夏嘉澍心血來潮，說：「今年年底，咱們去菲律賓過聖誕節，順便訪問瑪麗亞院長的故鄉。」

阿姣很興奮。寶島果園的芒果種籽，便是從宿霧引過來的。也許土質的關係，沒有宿霧的芒果香甜可口。

夏嘉澍為了支持任勛，讓他放手去做，開發新產品。任勛帶動一部份青年，製作盆景。因為近來各城市的高樓大廈，呈現欣欣向榮，人民生活品質提高，盆景經營大有可為。任勛學過園藝盆景，以草本植物、木本植物或水、石等，經過藝術加工，放置盆中，成為自然景物縮影的陳設品，大抵可製山水盆景和樹樁盆景。

盆景生產品，引進了藝術人材，也增加了大排長龍的顧客。林彪看到這種情景，口服心服，只得專心從事水果經營。無形中呈現兩種產品的供銷站。

年底，夏嘉澍帶著阿姣，隨同旅遊團飛往馬尼拉渡假。氣候溫暖，風光秀麗，煥發了洪幼姣的青春。雖然她仍需按時服藥，但是她的心情舒暢，毫無憂鬱的陰影，笑聲常掛嘴角，使老夏有無比幸福的感覺。

宿霧，真美！

阿姣愛瑪麗亞修女，到了風景優美的宿霧，瑪麗亞的故鄉，阿姣湧出「惜花連盆」的推愛之情，她眼中的宿霧更顯得如同人間仙境了。

阿姣喜歡這個熱帶國家，質樸單純，懂得生活，她懷著依戀不捨的心情，返回台灣。老夏說，來菲律賓旅遊方便，僅一個半小時的航程。想來的話，明年再來。阿姣的精神病真已痊癒了。

回到寶島果園，洪幼姣才作了比較，菲律賓風光好，台灣比菲律賓風光更好。她央求老夏讓她給果園職工煮飯、燒水，老夏不准。既然退休，就老老實實在家休息。再說，阿姣一天到晚做家事忙個不停，怎有時間去果園廚房做事？一個董事長夫人去當伙伕，別人會有什麼樣的評論？

過去，毛華在世，兩人有談不盡的話題，頗不寂寞。如今毛華走了，老夏才體會到孤獨的滋味。偶而葛弗打來電話，只要扯到文學問題，便像珍珠落玉盤連續講上個把小時，才能撂下話筒。

葛弗性情爽直，絕不拐彎抹角。他明知道老夏是山東鄆城人，宋江的同鄉，嘉澍二字，即是「及時雨」的涵義。然而葛弗對於《水滸傳》宋江這個人物，頗具反感。他網羅了被壓迫和被損害的農民和漁民，以及來自北宋民間不得志的知識份子、落魄官吏，到了梁山水泊，落草為寇，向北宋統治者進行鬥爭。但他骨子裡卻想投降，獲得趙家王朝的重用。結果，梁山一百零八位英雄豪傑，屈死冤死，活著的各奔天涯。宋江，也步上了被統治者殺害的悲慘下場。

葛弗的觀點，《水滸傳》結尾，作者安排宋江南下進剿方臘，是最大的敗筆。固然宋江的兵馬，擒拿方臘，押返汴京，贏得統治者的歡心，但是施耐庵卻扭曲了歷史，因為方臘的農民起義，是歷史上的史實。宋江征討方臘，實在牽強。

方臘原籍安徽歙縣，後遷居浙江淳安。當時北宋統治者階層窮極奢侈，人民則終歲勞苦，不得一飽。江浙地區還遭受到花石綱的掠奪；宋統治者對遼夏貴族，歲奉財物，屈辱求和。方臘利用明教組織群眾，得到了廣大農民的擁護。宋徽宗宣和二年，方臘發動起義，自號「聖公」，年號「永樂」，分兵佔據東南各地，呈現翻天覆地的亂象。徽宗派童貫率軍十五萬前往鎮壓。宣和四年，方臘大敗，被押到汴梁慘遭殺害。

夏嘉澍過去把《水滸傳》看了六遍。他對宋江這個人物，捉摸不定。文不能通曉經史，武不會率兵作戰，只靠了所謂江湖義氣，拉攏了一群朋友，混上了幫會老大的地位。施耐庵創作的這個人物，坐了梁山水泊的領導人寶座，是因緣際會的巧合，純屬空中樓閣。唯一長處是宋江比王倫心胸寬濶，能夠容納百川，匯合成為梁山水泊反抗趙氏王朝的力量。如今，聽了葛弗的否定宋江的觀點，他完全動搖了。

老夏建議葛弗以他的立場，否定宋江內心的矛盾和投降心理，刪掉宋江南下征戰方臘的假話，讓宋江成為北宋一個悲劇的農民起義英雄人物。將《水滸傳》改寫，適合現代社會的寫實主義作品。

眼高手低，我力不從心啊。葛弗說。

毛華在世的時候，每當談起宋江，總提醒夏嘉澍，作為一個山東人，軍人，知識份子，應該表裡一致，耿介正直，對得起歷史。他再三叮囑老夏：「千萬不要學宋江作榜樣！」年輕時，不覺什麼；到了晚年，才恍悟毛華時他的教誨是康莊大道。

夏嘉澍談天的朋友，如今只剩下葛弗了。他勸葛弗，將寫出的作品，送到出版社自費出版。費用由老夏負責。葛弗瞭解對方的誠意，但是卻無法達成這個願望。他很納悶，俄國的列夫•托爾斯泰到了八十多歲，仍舊可以創作長篇小說，為什麼我們做不到？台灣氣候溫暖，四季如春，作家已享受到民主自由，受不到干涉和檢查，這麼史無前例的文學創作環境，文學藝術卻呈現一片荒蕪混亂的現象，真是遺憾。

葛弗離開縣立圖書館，如今館內門可羅雀，每天除了退休老人翻報紙，看新聞以外，便是一堆婦女在編織桌巾、工藝品，偶而也展出不中不西不三不四的畫展。葛弗的文學刊物，曲高和寡，而且受到學院派的排斥。早已停刊。

葛弗原計劃退休以後，寫長篇，寫傳記，到了退休，才悟出「年少不努力，老大徒傷悲」的遺憾。再加上腦力記憶衰退，體力有些不支，更難實現理想。年輕時期，埋怨環境限制，如今已無話可說。葛弗如此，老夏亦是如此，他倆同病相憐，互相傾吐內心的感慨而已。

夏嘉澍少年時便熱愛文學，退伍後擺書攤，賣書搜書藏書固然為了賺取蠅頭小利，維持生活，但他的主要戰略目標則是讀書，增進文學滋養。老夏沒有文學創作，卻有文學知識和修養，他們二人走的路不同，卻是殊途同歸。因此具有共同的語言。

從馬尼拉歸來，老夏把《水滸傳》又翻了一遍，覺得宋江率軍南下征剿方臘起義是水到渠成的事，並不矛盾。他的這種觀點和葛弗背道而馳。為了辯論，二人相約，聊了一個傍晚。

宋江和中國傳統的讀書人一樣，最大的願望是「朝為田舍郎，暮登天子堂」，學而優則仕。宋江曾酒後在潯陽樓題詩：「自幼曾攻經史，長成亦有權謀。恰如猛虎臥荒邱，潛伏爪牙忍受。」宋江大抵文才比較平庸，投考科舉無望，只得在鄆城做了押司職務，負責案卷。這種行當吏胥，在宋朝是沒有工資的，後來經過蘇轍的質詢，請願，才有了一點工資。不過，古代州縣與吏胥有關的日常政務，一是刑事民事訴訟，二是租稅傜役，這兩件事都和金錢具有密切關係。宋江在鄆城縣名聲頗高，他「好做方便，每每排難解紛，只是週全人性命。如常散施棺材藥餌、濟人貧苦、賙人之急、扶人之困。」因此宋江在鄆城縣人緣特好，通吃黑白兩道。然而社會關係好的人，不一定是良民，這是不可忘記的一件事。

在《水滸傳》中，宋江是最大方的，他走到哪裡，銀子就撒到哪裡。金聖嘆批評他這種「以銀子交遊」作風，十分惡劣。宋江初見李逵，李逵正賭博輸個精光。宋江馬上拿出十兩銀子給他翻本。從此李逵生死相隨，五體投地，跟在「宋江哥哥」身邊。宋江送錢，不單純是錢，裡面還有一份人情，這是其他人少有的。正由於宋江結識了不少江湖上的好漢，他才成了梁山水泊的領導人。《水滸傳》上說得非常清楚：

平時只好結識江湖上好漢，但有人來投奔他的，若高若低，無有不納，便留在莊上館谷，終日追陪，並無厭倦。若要起身，盡力資助。端的是揮霍，視金似土。人間他求錢物，亦不推托。

葛弗聽到此處，深為感慨。台灣每當選舉，候選人沿街向行人拜票。握了手，行人還不知候選人的名字。若是候選人是宋江，即使足不出門，也會高票當選。宋江待人「終日追陪，並無厭倦」八個字，是他成功的因素。咱們的民意代表、官僚政客，如果光靠口才，抱著「過河拆橋」的待人哲學為政，怎會受到群眾的擁護？

夏嘉澍、葛弗這兩個文藝小青年，都是一九四九年國共戰爭中退到台灣的。他倆瞭解政府的腐敗無能、歐美留學生掛帥，在文武百官之間，無一個宋江，甚至晁蓋或柴進，幾乎都是吃裡扒外的貪婪之徒。直到大潰敗、亡國以後，才在草山會議作了檢討，覺醒。會後，依然故我，狗改不了吃屎，不中聽，卻很貼切。

葛弗激動地說，革命陣營那麼多將領，有林沖麼？有魯智深麼？有武松麼？有李逵麼……葛弗說：你曾讓我改寫《水滸傳》，回顧當年的梁山好漢何等英雄，再看咱們文武百官，攜家帶眷向海外捲款潛逃，搶做寓公。如何下筆，豈不心跳臉紅？

人到晚年，才頭腦清醒，回顧走過的路，做過的事，有得有失，有光明的路，也有岐途。夏嘉澍覺得他在縣政府文化局做祕書三年，是岐路，而且蹚渾水，一無所獲，引為終身最大憾事。

葛弗認為官場混了三年，仍是收穫不小。

老夏苦笑，搖頭。

台灣的官場，像我這樣的人，隔岸觀火，弄不清楚是好是壞。不入虎穴，焉得虎子，你應該看出真相了吧。我問你，咱們官場風氣，比過去進步了吧。

過去，老夏在軍隊做事，單純，摸不清黑白，那也不是官場。如今，老夏才真正置身官場，親眼看到那些靠學歷、高普考或人際關係進來的官僚，具有共同的特質：一是喝酒，官職高低和酒量成正比例。划拳、嗓門高。最讓人佩服的罕見醉酒的現象。二是搞外遇、劈腿，保密到了家。即使有個女職員坐在老夏左邊，男職員坐在老夏右方，他倆已劈腿多年，老夏仍舊蒙在鼓裡。

老夏愈說愈生氣，老葛愈聽愈有趣。

台灣官場的升遷，毫無準則。有政治背景者，平步青雲；沒有靠山的公務員，奉公守法，積勞成疾，也無人過問。這就是台灣官場文化。

你在官場蹚了三年渾水，大有收穫。老葛拊掌大笑。

經過葛弗的鼓舞與激賞，夏嘉澍竟然產生了靈感和信心。三年，一個九職等約聘祕書，看清了台灣特有的官場文化，則是政客官僚都像現代詩詩人、電視台賣嘴巴的男女主持人，跑江湖賣野藥的一樣，發表即興講話，精彩動人，嘴上的語言，一派謊言，卻是一些唬弄人的糖衣假藥，不能治病，也害不死人。具體地說，官僚的談話、文章跟參加競選一樣。換言之，官僚每日在競選中活動。老夏質問：古今中外，你見過這種台灣官場文化麼？

葛弗急忙搖頭。空前，史無前例，像毛澤東先生領導的「文化大革命」一樣。

你是詩人，文學家，你應該為台灣官場文化，寫一首長詩，題目就是《在競選中做公僕》，如何？我再繼續為你搜集素材，充實內容。

老夏這番話，使葛弗受到振奮。他願意寫，但以兩人合作為宜。將來設法發表。即使報刊編輯婉拒退稿，咱們自費印刷十萬份，相信它會流傳下去。

葛弗認為政府首長為競選而做事，人民得不到利益，只看到虛偽的笑容，冰冷的握手。這個政府沒有前途，沒有希望，因為它是假的，紙糊的五光十色的燈籠。葛弗回顧自辛亥革命武昌起義，滿清覆亡，建國悠忽百年，咱們的政府仍是如此虛偽，這是何等悲哀的事！作為一個詩人，若是沒有為民請命的勇氣，索性丟下了筆，別寫現代詩招搖撞騙了。

洪幼姣對於他們的談話，漠不關心，毫無興趣。她看電視的綜藝節目，歌唱、耍寶，或是〈命運好好玩〉之類。她覺得丈夫很傻，不少退職的老芋仔，參加旅遊活動，打太極拳，練習書畫，活得有滋有味兒。國家事，管他娘，打打麻將。老夏卻忘了自己的身份，懷抱先天下之憂而憂，時刻為發揚優美文化而發神經，真是病入膏肓，無藥可治了。

每次詩人葛弗找丈夫聊天，阿姣心裡不高興。話題愈扯愈長，愈講愈生氣，這猶如紙上談兵，沙盤作業，背後罵皇帝，沒用！等二位文人罵得舌敝唇焦，飢腸轆轆，還得靠阿姣到街上張羅食物，讓他倆繼續邊吃邊談。

葛弗酒量不錯，對於吃，比夏嘉澍講究些。他很想吃香椿芽，他的故鄉盛產香椿，嚐到鮮嫩的椿芽，別有一番風味。安徽太和有句俚語，妙極。「太和有三寶，白果櫻桃香椿芽，縣政府的老傳達。」

老傳達，啥意思？

傳達，縣衙門的守衛、兼管收發公文，他接觸社會各階層的人物，熟悉黑白兩道的嘴臉，因此傳達做得愈久，愈有經驗。加上傳達的工資不高，縣衙門的首長，多半捨不得他們退休。日復一日，老傳達幹到耄耋之年，還在工作。

老夏聽了很受感動，覺得舊社會的官場，比起現在的官場，還有人情味些。而且用人得當。咱台灣官府的人事制度，按照規定辦理退休。但它卻浪費了許多專業人材，犧牲了不少人對國家的貢獻。這些官僚政客執迷不悟，直到進了墳墓也不知道人事制度的盲點。

人到晚年，最幸福的是含飴弄孫，思想單純，感覺遲鈍，麻木不仁。一天到晚笑口常開，看到電視的乾隆下江南，走進菜市場跟阿巴桑握手鏡頭，高呼「吾皇萬歲」，這才是統治階級喜聞樂見的公民。葛弗知道，夏嘉澍也知道，但是卻都辦不到。

選舉期間，窗外鑼鼓喧天，宣傳車輛揚起音樂、口號，震耳欲聾。夏嘉澍啪地一聲，打開窗戶，朝著外面開罵：

幹你娘，基掰！

洪幼姣嚇得趕緊拽住丈夫，警告他：「你活得不耐煩了，找死啊！」

夏嘉澍想起此事，內心暗自害怕，自己為何會發出如此激憤的舉動？這是精神異常的表現，難道他也患了憂鬱症？他問阿姣，阿姣不懂。他問葛弗，老葛說，這可能壓在心裡對現實的不滿，藉此動作發洩內心的情緒。葛弗認為這種心理，恐怕心理學家也說不清楚，它是特定時代和人物對現實政治的互動反應。如果用文學表達的話，詩歌、散文或戲劇難以傳達；只有小說才比較能夠使讀者瞭解當事人的心理和動機。

葛弗說，每一個人的感覺、知覺、記憶、思維、性格不同，它是客觀事物在腦中的反映。由於外在的現象和腦中的思維產生矛盾，所以發洩出激烈的行動。因此，葛弗勸導老夏避開選舉時期的熱鬧場面。

選舉活動滿街是，怎麼避？

到菲律賓渡假去。

夏嘉澍和洪幼姣都笑起來。

老夏作了自我檢討，說他修養欠佳，應該收斂一下，否則會影響社會秩序，同時造成自己精神上的崩潰。

葛弗卻提出另外的觀點，適當的心情發洩，有益身心健康。譬如老年人多患便祕，排糞次數減少，糞質堅硬。主要原因有習慣性忽略排便感覺，排便肌衰弱無力，日久引起腸蠕動遲緩、腸痙攣、腸阻塞。在中醫學上將便祕分為四類：熱祕、氣祕、虛祕和冷祕，分別以藥物醫治。老葛認為一個人在心裡積壓下來的憤怒與不滿，若不做適當的發洩，日久天長，就像患了心理便祕，它是非常麻煩而討厭的病症。

老夏談起不久前，一位資深老演員，因便祕排糞太用力，引起高血壓發作，猝死。等送到醫院，患者早已沒了生命跡象。

老夏十七歲從軍，在三九團作文書。假日，他總泡在葉家坪圖書館看書。書架上的普及醫療知識叢書，都被他看遍了。管理員以為他是醫官，否則怎會這麼堅持學習！他告訴人家，年少離家流亡，頭疼腦熱、跌打損傷全得自己解決，所以對這種書有興趣。其實夏嘉澍真正愛讀的還是文學。

老夏對醫官向來抱著敬鬼神而遠之的態度，因為覺得他們的語言，有點誇張，愚弄患者。他在澎湖駐防時，不慎騎自行車摔跤，翌晨，解小便時發現尿液呈醬油色。去醫院，醫官問他：「腰部疼麼？」老夏點頭。因為屁股跌坐在地上，腰部也疼。

腎結石開刀。

我回去……考慮一下，行唄？

那位醫官冷冷地說：你回去慢慢考慮吧。

數十年過去，夏嘉澍從未患過腎炎、膀胱炎、腎結石、膽結石、膀胱結石……他只拔過牙齒，身體硬朗得很。

老夏時常思索魯迅當年在日本仙台棄醫從文的決心，是合乎客觀事物的規律，亦即哲學上的「必然與自由」。若是魯迅不按照客觀事物的規律，學醫，最終他也只是做了一個醫師而已。

魯迅放棄學醫，改攻文學，這種做法在台灣是一件愚蠢而叛逆的行為。人們的心目中，總以為家中有個醫生是非常光榮的事。醫生是財富、豪門的象徵。這是心照不宣的想法。

葛弗在年輕時，曾和一位志趣相投的女孩戀愛。兩人相識三年，女孩才邀約葛弗到家作客。女家父母為台北殷實富戶，見葛弗一表人才，談吐文雅，問起學歷，葛弗毫無考慮說：「我是大學戲劇系畢業。」

你會唱歌仔戲？

葛弗搖頭。

你會敲鑼打鼓？

葛弗向主人解釋，他學的是西洋戲劇，希臘悲劇、莎士比亞、易卜生……

男主人插話：「葛同學，你學的這一套東西，我們聽不懂，沒用，將來怎麼養活自己？」

葛弗認為台灣各縣市都需要表演藝術，為百姓找娛樂。他們可以到處去拉關係，尋門路，找演戲的機會，賺錢。葛弗的女友趁機向父母解釋：葛弗會寫小說，向報刊投稿，也可以賺取稿酬。

他會寫什麼小說？

男女愛情，加上反共抗俄或是鄉愁、母愛之類的故事。

阿娘喂，麥擱講啊啦。你學的這門，根本找不到掙錢的機會嘛。賺那一點點稿費，三餐都成問題。為啥當初不投考醫學系呢？

那天，中秋節前夕，葛弗初次拜訪女友家，帶了兩瓶金門酒、一盒馬來亞月餅，碰了一個軟釘子。不到重陽節，吹了。

這個故事，恰是一篇微型小說的題材。

原先這個故事可以發展成短篇小說，中秋過後，葛弗便不和女友交往。女友覺得委屈、冤枉，卻無法向葛弗申訴，雖是無奈，兩人分手也是早晚的事。

再說，葛弗想和殷實的富商之女結婚，乃是高不可攀的事。葛弗，隨流亡學生來台，插班進了大學，既無父母，又無家人，一個有聲望的台灣傳統門第，怎會接受一個流浪漢子當女婿？簡直不可能。

老夏問：你那位女朋友現在住在哪裡？

葛弗茫然。

她叫啥名字？

葛弗抓搔頭髮，想了半天，說不出來。忘了。

那時我在台北牯嶺街開舊書店，葛弗每到假日，身穿一件舊夾克、西褲，到店內翻書。他姓葛？姓郭？認識了兩年多才搞清楚。我珍藏的俄國普希金、別林斯基的作品，都被葛弗買走。可見我和他具有歷史的感情。那時，他的妻子病故不久，身邊帶著一個濃眉大眼的男孩。如今，這孩子葛占文已是大學經濟系教授。每次聊起家事，我總問起葛占文有對象了沒？

三十八歲，別拖了。

他不急，我急有啥用？

阿姣提出寶島果園的會計江秀梅，三十二歲，性情溫柔，相貌端正。聽說她父親在空軍黑貓中隊曾飛往大陸偵察，不幸殉職。這位孝順的女兒為了照顧母親，以至耽誤了自己的婚事。阿姣建議約個時間，讓老葛帶兒子來此作客，見面。

葛弗笑了。

洪幼姣安排這一對青年男女的會面，非常細心、成功。她預先在菜館訂了幾樣小菜，然後打電話邀江秀梅到家幫忙包餃子。因此，女方毫無心理障礙，到了夏董事長的家。

進餐時，老夏詢問有關果園的經營狀況，江秀梅對業務非常熟悉，答覆也很得體，讓葛弗父子對這位會計主任，湧起敬愛之意。葛占文忍不住插嘴：「江小姐，別忙著說話，吃吧。」江秀梅卻以主人的口吻說：「葛先生，餃子餡不會太鹹吧？」最令人激賞的，葛氏父子聽了江秀梅的業務彙報，竟然湧起投資的念頭。使江小姐感到為難起來。

老夏以董事長的身份，舉起酒杯，向客人致意。他說關於投資買股份的事情，來日方長，江主任在座，她為人厚道，做事細心，你們直接和她聯繫吧。於是，江秀梅和葛占文交換了名片，並且互相敬酒。

葛占文像一隻白鼠，長年在大學校園流竄。他的知識範圍有侷限性，並且脫離了社會群眾。在偶然的一個聚會中，認識了這座果園的會計，從對方容貌、談吐以及商業經驗，佩服得五體投地，驚為天人。這個學者沉不住氣，回去以後竟然主動打手機向江秀梅問候。洪幼姣聽到這個消息，心裡有譜，竊喜。

寶島果園的職工，都是毛華、夏嘉澍一手提拔起來的，具有歷史的感情。江秀梅也不例外。當秀梅和葛教授陷入熱戀時期，老夏以長輩的身份，約談，問起秀梅對占文的觀點，對方只得說出了掏心話。

作為一個學者，教授或專家，總以為普天下的人都尊重他、崇拜他、都是他的粉絲，那是天大的誤會。初認識時，江秀梅把這位大學教授看成《紅樓夢》中的劉佬佬，文盲，窮苦鄉巴佬，跑來「大觀園」打秋風。

老夏夫婦拊掌大笑。

因為葛占文的誠懇和熱情，使江秀梅受了感動，她很快的陷入了情網。半年之間，他倆已談到了結婚大事。秀梅為了照顧母親，婚後仍住在一起。這件事占文同意，葛弗也同意。占文說過：「為了愛情，妳讓我入贅我也願意。」

劉佬佬，真可愛！

江秀梅的父親，當年是一位眾所矚目的飛行員，他能參加黑貓中隊，就是傑出的具體表現。每次出航，江家母女總是提心吊膽，寢食難安。飛往大陸從事拍照任務，保密，出航保密，返航保密，生和死都得保密。因此，江秀梅的母親，對於任何人都感到懼怕，在這沒有人情味的世間，她唯一相信和依靠的只有她的女兒。這種感受，夏嘉澍深為理解。

為了江秀梅的婚事，老夏特別在婚前邀這對青年情侶會面，聊天。他建議不必鋪張，幸福的婚姻不在乎形式，卻繫在情投意合，愛河長浴。老夏囑咐葛占文，應該愛惜這個伴侶，不可玩弄感情，否則他將成為歷史罪人！

「夏伯伯，我一定聽您的話。」

夏嘉澍轉頭對江秀梅說：「我沒有女兒，如果我有女兒，我一定讓她嫁給這個劉佬，土包子！他跟他老爸一樣，是一個優秀而儉樸的學者。」秀梅紅暈的臉露出了幸福的微笑。

葛弗是一位資深的詩人、文學家，他的獨生子占文結婚，不發喜帖，一切遵照節約、保密原則進行。在台灣文壇傳為佳話。原先有些愛出風頭的詩人，慫恿葛弗舉辦「亞當夏娃吃櫻桃發表會」，會中，新郎新娘和來賓上台詩歌朗讀、散文抒懷、小說演誦，具體地將近來寶島果園研發成功的櫻桃新品種，向東南亞人民作報告。老葛把手一揮，苦笑說：「吊死鬼抹粉——死不要臉！台灣現代詩人的醜事，已經夠多了，別再出洋相了！」

過去，葛弗的鄰居在郵局做事。他說郵差最討厭詩人，他們製造的垃圾信件，成袋的朝各地運送。詩訊、詩刊、新詩發表會、詩人聚會函、生日卡、壽卡、詩人向拜侖報到訃聞……郵務人員邊翻邊罵，「現代詩人比老鼠還多，應該發散一些藥毒死他們！」

寶島果園辦婚事，不是新聞。不過會計主任江秀梅結婚，沒發喜帖，卻贈送同事一盒精緻的點心。一年後，江主任生了一個可愛的胖小子。這致使寶島果園職工喜出望外。

江秀梅結婚，到地方法院辦理，簡單，不驚動職工。這和林彪李寶在縣城狀元樓結婚，席開三十六桌，縣長作證婚人，記者擠得結婚禮堂水洩不通，恰成強烈的對比。但是，他倆結婚數年，李寶性感的腰身，依舊阿娜多姿，正如當年有人下了斷語，「李寶恐怕連隻老鼠也生不出來。」

其實這種事不能和江秀梅比。李寶偏是愛面子，認為樣樣應該走在前面，自尋煩惱。因此，她的副經理的位子，自然地發生搖搖欲墜的危機。

夏嘉澍為了維護果園的職工士氣，以快刀斬亂麻的方式，把李寶從副總經理即時拉下來，換了任勛，讓李寶接替業務經理。這種職務調整，不影響李寶的尊嚴：夫妻二人，一是總經理，一是副總經理，日久天長，一定有人講閒話。

任勛上台，建議修築環山柏油路面，以便於旅遊人士以及大陸觀光團的參觀。目前果園生產的各種瓜果梨桃，已在消費者心目中建立了牢不可破的地位。至於價格，林彪的看法是提高，任勛的看法趨向保守，夏嘉澍批准了任勛「薄利多銷」政策進行。漲價，必須水到渠成了再付諸實施。這也是董事會的經營目標。

寶島果園的新產品櫻桃，是江秀梅領先研發成功的。她是受了葛弗的談話影響。過去，台灣民眾所吃的櫻桃，多為美國加州進口，顆粒大，稍甜而帶酸。秀梅創新的品種，顆粒小，球形，鮮紅色，和皖北太和的相似，非常好吃。董事會開會取名「寶島櫻桃」。

新品種櫻桃上市，價格低廉，引起民眾矚目，以為「便宜沒好貨」，現場試吃一顆，咦，個個驚呼連連，怎麼小櫻桃甜中帶香，比美國櫻桃還棒。用不著宣傳，沒兩下子，櫻桃便被搶購一空。「寶島櫻桃」呈現供不應求的現象。

時間考驗出毛華生前的用人，是有宏觀和前瞻性的。他把任勛排列在林彪的下面，是反對學歷至上的證明。任勛出身大學園藝學系，難免具有優越感。寶島果園不是學術團體，高工學歷也能使生產品經營昌盛繁榮。這是夏嘉澍牢記在心通過長期實踐獲取的觀念。

任勛大抵對林彪的長期領導不太服氣，便產生倦怠心理。一日，任勛向夏嘉澍表示，北部一所科技大學，急需一位園藝系副教授，正透過朋友徵詢任勛的意願。夏嘉澍思索一下，覺得不捨，為了任勛的前途發展，他也難以作出果斷的決定。

於是，任勛從袋內掏出了辭呈，遞給了夏董事長。

這樣吧，你先回去，再考慮一下，等月底再說。

任勛對於寶島果園的貢獻，是增加生產了盆景。它是現代生活的陶情消閒品，如看現代詩，有人懂，有人不懂，大多數人不懂裝懂。它和瓜果梨桃不同。那才是人們的滋養物品，而且和食衣住行同樣重要。

月底，任勛拿出辭呈，老董當即批示：

照准。致送半年工資為慰勞金。

林總經理彪兄辦

嘉澍　七月二十九日

老夏為了鞏固林彪的領導，放手讓他去開拓業務，因而任勛走了，毫無影響。半年之間，林彪開發養羊事業，供應台灣民眾冬季吃羊肉爐的來源。

江秀梅婚後，夫婦情感融洽，她母親幫女兒照料嬰兒，因此秀梅上班不受影響。夏嘉澍原想將秀梅提升為副總經理，思索良久，覺得不妥。因為那對李寶的面子，實在掛不住了。

在董事會上，夏嘉澍向職工代表提出人事政策，由於近年來台灣失業率上升，「寶島果園」的職工，採取志願延期制度，只要身體健壯，工作愉快，即使幹到耄耋之年，也沒關係……

頓時，揚起一陣掌聲。

年紀大，經驗豐富，對咱「寶島果園」經營有幫助……

接著，又響起一片春雷般的掌聲。

我的朋友葛弗是詩人，他的故鄉安徽太和有三大名產，「櫻桃、白果、香椿芽，外帶縣政府的老傳達。」老傳達，懂不懂？

不少人像聽現代詩朗誦，不懂。經過夏嘉澍的解說，恍然明白過來，卻也笑得人仰馬翻，鼻涕淌過了濁水溪。

人心齊，泰山移，毛前董事長創立的果園企業，如今現出了曙光，雖然他已安息，但若他九泉下有知，一定會流下快活的眼淚……

說起來像編小說故事：年底，「寶島果園」職工會餐。大碗喝酒，大塊吃肉，每一只羊肉爐冒出熊熊的火焰。餐會上來了幾位貴賓，其中一位是離職的副總經理任勛。酒過三巡，任勛站起來發言。他舉起酒杯，首先向老同事敬酒，祝大家精神愉快，身體健康。他以坦率而真誠的口吻，談起離開「寶島果園」的前後經過，進了大學校園，受到同事的排擠打壓，心情非常痛苦……這時台下有人嚷起來，「任副總，回來吧，別受人家的鳥氣了！」任勛說，他已向夏董表白了心願，願意做「寶島果園」的老傳達！會場的空氣頓時沸騰起來。鼓掌、大笑，那是從群眾心坎發出來的真正感情，任勛哽咽起來。

夏嘉澍向任勛敬酒，誠懇地說：「副總經理的位子，空了半年多，一直留著，我知道你會回來。」

任勛聽了發怔，追問：「真的？還是假的？」

老夏脫口而出：「假的。」

任勛撲身向前抱住夏董，感動得流下了眼淚。

葛弗坐在旁邊，嘴裡不停地嘮叨《水滸傳》的宋江，他認為老夏有宋江待人以誠的義氣，卻沒有宋江效忠大宋皇朝的心情。因為統治者對待他實在太淡薄無情了。夏嘉澍從十八歲投筆從戎，參加陸軍三九團，一直混到中校退伍，每月只領一萬兩千元就養金，讓他苟延殘喘，買兩盒排骨便當過日。試想，老夏能湧出飲水思源的感情麼？老夏能心甘情願地做統治者的「鐵票部隊」麼？

老夏擺擺手，不愛聽這些陳穀子爛芝麻的話，轉頭對任勛說：「你下月一號上班，仍舊做副總經理，不過我有一個條件。」

啥條件？請說。

一年之內，你得結婚。對象得自己去找。

任勛笑了。全桌的貴賓也笑了。

您再多寬限一年吧。一年，有點困難。任勛討價還價。

夏嘉澍停頓了一會兒，作出結論：任勛在兩年之內，必須成家，才會安心工作。結婚對象下列三種職業出身，概不接納：學法律的、搞現代詩的，還有就是北一女、台大、美國哈佛大學一路走過來的，免議。

笑聲，響徹全場。

五

任勛回來，引進了蔥、蒜和薑，闢地種植，是最優良的品種。如山東大蔥，植株較高大，作蔬菜食用。它和宜蘭三星鄉細香蔥不同，只供炒菜的香辛料，植株較矮小。蒜、薑，也與雲林蒜、台東薑有別，大抵品種優良的關係。不要輕視這種蔬菜，它對於民眾的食品，以及餐廳的廚師具有強烈的號召力。果然，縣城的各大菜館採購員，紛紛前來「寶島果園」購買大蔥、生薑和蒜頭，這是後話。

剛回「寶島果園」，夏董便囑任勛在兩年內完婚，以免三心二意，不能安心工作。任勛找對象並不困難，年輕英俊，學歷也不錯，只要他不愛慕虛榮，果園的女職員還真有適合的對象。江秀梅有一天向洪幼姣透露，她的得意助手巫善玲年已二十八歲，到了拉警報適婚年齡。她和任勛都是客家人，如果湊成婚配倒是非常理想。她請董事長夫人作媒人。

阿姣內向，不敢決定，便和丈夫商議。

眼看七夕情人節，還有一週。夏董加速進行，先作了個別溝通，都表示同意。然後邀約二人便餐，江秀梅作陪。那晚阿姣做的炸醬麵，非常好吃。任勛竟然吃了兩大碗。

飯後，喝茶，談及婚事。夏董盼望他們到地方法院辦理結婚登記，然後在「寶島果園」舉辦大會餐，宴請全體職工，節約隆重，皆大歡喜。

男女雙方點頭，願意。

夏嘉澍繼而提出工作調整，婚後，江秀梅調升業務經理，巫善玲調升會計主任。由於目前「寶島果園」生意實在忙錄，兩人結婚後沒有婚假，照常上班。等過些日子，再補婚假。大家拊掌大笑。

任勛婚後，一心一意放在經營果園生意上。老夏放手讓他去做，林彪也全力支持他。此時的任勛，已對開拓盆景市場感到淡漠，因為只有發展水果市場，才能有益台灣民眾的營養和健康。

為了開展果園產品市場，任勛策劃在縣城重要街道，開設兩座門市部。展銷的蘋果、水梨、芒果、櫻桃、吉利果、以及大蔥、薑、蒜頭等蔬菜。開張以來，門庭若市，不少顧客都是熟悉面孔。透過調查，縣城增設門市部並沒有影響「寶島果園」的生意。舊時的山坡地，早已修築了柏油馬路，到達縣城僅二十分鐘車程。

冬天，任勛在中山路傳統菜市場租了一個攤位，出售「寶島果園」畜養的肉羊。由於肉質細嫩，味道鮮美，時常發生供不應求的現象。

夏嘉澍看到這般情景，不能再戀棧了，他以理智的計劃，瞻望「寶島果園」的遠景，產生信心。在董事會上，他發表了一篇語短情長的講話。全場歡聲掌聲，經久不歇。最後選出：

董事長 林彪

總經理 任勛

林彪有些緊張不安，他覺得自己能力不夠，但是夏嘉澍胸有成竹，他早已約談任勛，表達他的內心願望。長江後浪推前浪，「寶島果園」的領導責任，早晚得扛在任勛的肩上。因為他年輕，有活力，知識豐富。

洪幼姣讚揚丈夫的行動是智慧的表現。別的也許不甚瞭解，螢幕上活躍的男女藝人，阿姣瞭若指掌。有些人老珠黃，藝術也落伍，為了逞強好勝，還賴在電視台混飯吃；最可恨的還拍商業廣告。這種賴皮戰術怎會使電視節目進步？他們把觀眾看成白痴、傻瓜？

老夏從歷史上看政治人物，他們失敗的最大原因則是戀棧，力求連任，因為前呼後擁，隨扈馬弁跟著走，實在過癮。乾隆六下江南，到處欣賞良辰美景，吃盡山珍海味，朗誦狗屁不通的詩稿。這個老而不死的封建統治者，竟然成為「十全老人」，上蒼實在瞎了眼！

夏嘉澍在大半輩子生活實踐中，摸索出一個真理，老天爺是不疼惜窮人、善心人、老實人的。「殺人放火金腰帶，修橋補路穿破鞋」。中國的歷史，就是沿著這十四個字走過來的。

歷來的統治領袖，時常誇耀自己的民族，是「和平優秀的民族」，謬矣。中國人是最自私、貪婪、唯利是圖的民族。

老夏作過研究，中共對反貪污反腐敗的鎮壓非常重視，認為「只有反腐敗才能保持和人民群眾的血肉聯繫，革命才能成功。」但是宣傳的話悅耳，判刑也最嚴重，貪污犯照常出現，令人髮指。建國初期，到一九五二年一月，僅在三年之間，全國查出貪污人民幣（舊幣）一千萬元以上的共十萬多人，判處死刑的四十二人。到了改革開放後的今日中國，貪污官僚已超過台灣數十倍了，這絕不是誇張的話。

早在兩千年前，戰國政治家商鞅，為了改革制度，實施兩次變法。商鞅變法，使秦國富強起來。但是，秦孝公死後，商鞅被貴族誣害，車裂而死，這是歷史的悲劇。一九九六年歲末，朱鎔基副總理在北京看了話劇《商鞅》，他為劇情所動，淒然淚下。這位中共第三代領導集體的中堅分子，懂經濟，有魄力，但是他仍是遇到強大的改革阻力，下台，宣告失敗。

外國人是不瞭解中國的民族性，既使鄰國日本也不例外。葛弗向老夏提起一八九七年，森鷗外評論《水滸傳》，發出這樣的感慨，「中國為什麼總有疫癘，凶歉，相繼而至？中國的官吏為什麼不能防遏它？中國為什麼總有匪徒橫行？中國的官兵為什麼不能蕩平它？這是宋時已有的問題，而今仍不能解釋出來。」

森鷗外是明治時代小說家、翻譯家、評論家。曾任陸軍省醫務局長、皇宮博物館長。葛弗說，森鷗外對中國歷史、民族性是隔靴搔癢，模糊不清。中國的自然災害，多半由於吏治貪污腐敗，被壓迫的百姓，難以生存，只得造反當匪徒，試問官兵如何蕩平匪徒？至於農民造反，也有矛盾，《水滸傳》的領導人宋江，滿腦子裝的便是蒙受詔安的思想，他是被逼上梁山的。若是梁山水泊的領導人換了武松、魯智深，或是李逵，一定會攻進東京，擒拿宋徽宗的狗頭吧。

作為梁山統帥宋江，從少年起曾攻經史，感染了學而優則仕的思想，既然科舉的路走不通，將來梁山水泊氣勢如虹，威脅朝廷，迫使皇帝下令詔安，宋江戴上烏紗帽，穿上官服，那是水到渠成的事。宋江的猶豫與徘徊心情，怎會使梁山造反成功？

葛弗和夏嘉澍，所以瞧不起學院派的書獃子，便是他們讀了書，思想解放，產生智慧，作出總結。人在社會上總不能帶著成名成家、升官發財念頭，寫兩首狗屁不通的現代詩，便自詡詩人；靠著人際關係，因緣附會，當了政務官，便以為自己祖先墳上冒了青煙。那都是令人噴飯的事。

在葛弗和夏嘉澍心目中，學院派的書獃子，彷彿宋江的後裔，他們的路，永遠徘徊在學院和官場之間。受了詔安，做官；官場若不得意，再回到大學教書，混日子。他們是聰明人，不吃虧，倒楣的是人民群眾。

葛弗斬釘截鐵地說：《水滸傳》的王倫，氣量小，難以發展造反力量；宋江雖然招攬了廣大的江湖志士，但是他的錯誤目標，卻導致梁山水泊的崩潰與滅亡。千萬別對封建統治者抱著絲毫幻想，那是傻瓜！統治階級沒有一個好人，都是狼心狗肺的畜生。

夏嘉澍笑了！

難道我的話有些偏激？葛弗質問他。

老夏瞭解葛弗的病態人格，是長期生活在懷疑恐怖的環境陶冶而成的。是國共鬥爭的影響。令人感嘆而悲哀。這是局外人難以理解的。

從夏嘉澍當年在牯嶺街擺舊書攤，認識葛弗開始，便把他視為自己的胞兄。容貌、性格以及對文學的偏愛，幾乎一樣。這個秘密，一直深埋在老夏的心底，沒說出來。這個秘密，不僅葛弗不知道，連和他生活大半輩子的洪幼姣也不知道。

凡是抗戰勝利前後，在魯西鄆城住過的青年，都會知道夏嘉禾這個人。鄆城高中話劇社社長，能導能演，是個帥哥，他是全縣年輕女孩愛慕的偶像。夏嘉禾有接近女孩子的機會，但是從不和女孩交朋友。因此大家都把他看成怪人。連他的胞弟嘉澍也跟他有隔膜。

夏嘉禾的新文學修養不錯，上世紀三〇年代的作品，幾乎被他通讀過，嘉澍因為時常看他的藏書，所以受了影響。那年，國共內戰在魯南爆發，鄆城的青年紛紛南下尋求出路，夏嘉禾在一個雨夜，把他將要離家的事，告訴嘉澍。

跟我一起走吧。

上哪兒去？

解放區。

嘉澍聽了大吃一驚。像一聲晴天霹靂，他幾乎以為自己聽錯了話。目瞪口呆，無言以對。嘉禾輕鬆地說，「這件事，不必緊張，你再考慮一下。千萬別跟人商量。」

哥，你啥時候走？

不一定。也許十天，也許半月，也許明天。

嘉澍聽了有些反感。這麼重要的事情，卻聽了如此草率的決定，這豈不是把生命當兒戲麼！那夜，嘉澍輾轉反側，不能入夢，等他從朦朧中醒來，窗外的雨已停歇，東方已露出了一片陽光。起身，先到嘉禾房間，不見他的蹤影，匆促地到廁所、廚房去找，也沒有發現嘉禾的身影。

當時父親在膠濟線作火車司機，不在家。沒有母親的家根本不像家。俺哥走了，俺咋辦？記得嘉禾的枕頭下面，有一本李廣田的《引力》，昨天還放在枕頭底下，跑去一看，帶走了！至此才覺醒過來：嘉禾已跑到解放區了！

當時的山東解放區，多指膠東一帶，以煙台為中心，向東南延伸，廣大的農村多被老共佔領，國軍則在大城市駐防，形成了以鄉村包圍城市的狀態。換言之，嘉禾的去向應是膠東，他可能是跟同學結伴成行的。

不久，鄆城發生巷戰，我在戰後倉促跑到徐州，報名參加了「國軍三九團幹部訓練班」，三個月畢業，分派在團部作戰組軍委四階繪圖員。寫自傳，我沒填嘉禾的名字，不敢提起此人，因為他投奔解放區，怕惹出政治麻煩。在以後的漫長歲月，我也從未提起此人，彷彿人間並沒有夏嘉禾這個人。

海峽兩岸解凍以後，我曾嘗試尋找夏嘉禾的下落，但是，寄出的信，石沉大海，大陸有三十個省、市、自治區，人口將近十三億，我怎麼能夠打聽到俺哥的消息？夏嘉澍的心事，告訴了葛弗，葛弗說，他的侄兒葛向東，曾在晉冀魯豫解放軍服務。他最近將來台旅遊，欣賞阿里山和日月潭風景。如果託他打聽夏嘉禾的下落，也許有一線希望。嘉澍心存感激，但卻毫無信心。

葛向東到台灣後，曾來夏家作客，意想不到帶來了希望。不過葛向東知道的夏嘉禾，是否是真正的夏嘉禾，難以斷定。

國共內戰第二年，陳賡、謝富治率領的晉冀魯豫野戰軍與陳毅、粟裕率領的華東野戰軍，從一九四八年三月八日起，發動中原地區會戰。首先攻陷新安、偃師、澠池等城市，然後以迅雷不及掩耳的手段，於十一日向河南古都洛陽進行攻擊。打垮國軍精銳部隊二〇六師達二萬餘人。為了戰略方針，解放軍於十七日撤出洛陽，經過休整，在四月五日再度攻陷洛陽，殲滅國軍四千六百餘人。在這場「洛陽戰役」中，夏嘉禾當選為戰鬥英雄。

夏嘉禾是山東人，共產黨員，華東野戰軍某部營教導員。在葛向東印象裡，他是一個勇敢的革命戰士。雖然未曾謀面，但從年齡、籍貫等方面判斷，此人應該是夏嘉澍所尋找的胞兄夏嘉禾。

但是，這個夏嘉禾若是活在人間，他住在哪兒呢？嘉澍帶了一則「尋人啟示」，懇託葛向東回去以後，代為尋找嘉禾的下落。

好吧。我一定盡力去辦。對方誠懇地說。

驀然，夏嘉澍長跪在地，向葛向東磕了個頭。

全屋的人都暗自吃驚。嘉澍站起來時，嚎啕痛哭。

為了緩和夏家的悲傷氣氛，葛弗故意提起太和的「三寶」笑話。他囑咐向東，下次來台灣時，別忘記把香椿芽的種籽帶來，在此播種。他很想嚐一嚐家鄉味兒。

葛向東走後，不到三個月，便得到有關夏嘉禾的另類訊息：鳴放時期，華北出現一個文學組織「探求者」，成員包括大學教師、共青團員、軍旅文藝工作者，皆為青年。他們提出啟事、綱領、章程，引起黨文化階層的矚目。啟事明顯地指出，「建立社會主義的文學道路，仍應繼續探求、摸索前進。」綱領中指出，「近幾年來，把一切舊東西看成壞的，把一切新東西看成好的，這種教條主義的觀點已經造成了嚴重的危害，阻礙了思想意識的健康發展，更突出地妨礙了年輕一代的成長。教條主義把浩瀚統一的社會生活歸結成支離破碎的教條，僵化了人們的正常生活。」

鳴放運動發展為反右運動，這是一九五七年前後的事。「探求者」領導成員夏嘉禾依舊發表署名文章，他說：「我們過去在長期階級鬥爭中，由於當時的需要，把政治態度作為衡量人的品質的主要標準，往往忽略了社會道德生活的多方面的建設。階級鬥爭有它歷史的必然性和必要性，但是，在階級鬥爭基本結束，社會的主要矛盾表現人民內部的今天，我們看到了人們道德面貌上存在著各種缺陷，也看到了階級鬥爭給人們留下了許多陰影，妨礙了人們之間正常關係的建立。人情淡薄，人所共感。」

這原是有關社會主義文藝的辯論，卻演變成反黨反社會主義的錯誤路線。不久，「探求者」成員均被判為反動派，送到有關地區進行勞動改造。夏嘉禾，當然逃不出這個命運。至於他的下落，葛向東依舊繼續追蹤，尋找。

夏嘉澍陷在歡樂與痛苦的矛盾中。當局者迷，旁觀者清。阿姣覺得老伴自尋煩惱。既使嘉禾活在人間，他怎會跋涉千山萬水，來台灣探視同胞兄弟？兩人見面，抱頭痛哭一場，又能如何？人生，大江東去，無影無蹤，任何英雄人物也難以拉回逝去的青春時光，俱往矣。

果然，阿姣增添了麻煩的話題。老伴時常問起嘉禾的下落。有時，在夢中看見嘉禾在河水中呼救，或是在戰爭中受傷，他問這個夢是吉是凶，是禍是福？阿姣只得順水推舟，胡謅八扯，最終目的是安慰老伴的心。

夏嘉澍如今神經兮兮，非常敏感，只要葛弗有電話來，他總是仔細推敲對方的每一句話，是否隱藏著嘉禾的不幸訊息。他跟阿姣討論，阿姣嫌他囉嗦，自編自導，節外生枝，像台灣的電視連續劇，既不合情，又不合理，好幾百集演不完——歹戲拖棚。

阿姣看到老伴的消瘦面孔，感到心疼。她提起過去想回葉家坪一趟，探望生母的下場，哪怕只看到墳墓也如願以償。後來，阿姣明白過來。過去大陸的習俗是火葬，骨灰散落各地。她是難以尋找到母親骨灰的。既使找到，痛哭一場，那怎是盡了孝道？時代變了，人的觀念也應該隨著轉變了。

正當夏嘉澍尋找胞兄陷於膠著狀態，從葛家傳來了有關嘉禾的消息。文革時期，他飽受折磨與迫害，「四人幫」垮台，夏嘉禾獲得平反，辦了離休，回了故鄉鄆城。大抵在八〇年代患肝癌去世。夏嘉禾終身沒有結婚，這是眾所皆知的事。聽了這個噩耗，夏嘉澍的心涼了……

葛弗最初接獲這個訊息，不敢馬上告訴嘉澍，瞞了兩個多月，覺得不妥，便悄悄告訴了幼姣。不久，幼姣才把嘉禾的結局告訴了丈夫。

從戰亂中走過來的人，都有這個經驗，忍受了過度的悲哀，便不覺得悲哀了。「寶島果園」的職工，都不知道夏家的這件事情。嘉澍從不向別人談起家事，既使葛弗來家作客，聊起大陸情況，也不再提嘉禾的事。彷彿夏家從來沒有這個人物。

歷史可以證明：在國共內戰時期，隨同政府撤退來台灣的一百多萬軍民，在他們家屬心中卻是隱憂，宛如一顆不定時的炸彈，惹禍遭殃；這在古今中外歷史上是件奇事。

如今，半個世紀過去，這些被迫移民台灣的子孫後輩，已成為變相的僑民，他們和過去移民南洋、美國的華工不同，因為具有犯罪的嫌疑，不甚光榮，而且給家屬留下數十年恐懼、羞恥的記錄。

有一天，幼姣和老伴兒聊家常話，問他：

老蔣、老毛倆老頭兒，你愛誰？

夏嘉澍搖頭。板著臉說：愛不出來。他倆不准海峽兩岸同胞通信，生死不明，製造一百多萬家庭的悲劇，俺憑什麼愛他？這不是用熱臉貼他倆的冷屁股，發賤？

這年冬天，葛向東隨同安徽經濟貿易考察團來台，順便參觀了「寶島果園」的經營管理情況，頗感興趣。葛向東這次給夏嘉澍帶來一個比較準確可信的消息：嘉禾並非病逝於八〇年代，他從未返回郿城，他於一九六一年夏季便在蒙城謝世了。

那正值三年自然災害期間，安徽的飢民僅次於四川、河南二省。廣大的農村，餓莩遍野。為了輸送解放軍戰備糧食，安徽省人民政府駛出一輛卡車，向北方前進。車上有七個民兵持槍護衛，司機旁坐著正是合肥市委書記夏嘉禾。這確是一件危險而艱鉅的任務。

糧車開到蒙城縣境，便被一群衣衫不整的餓鬼團團包圍。準備搶糧。

車上民兵朝天上鳴槍，試圖遏阻，無效。前面，幾十個壯漢跪了下來。

夏嘉禾從車廂跳出來，制止民兵開槍示威，一面安撫飢民。這時，已有人開始搶糧。車上的民兵束手無策，瞪大眼向領導觀看。剎那間，整車的米袋悉數被搶劫一空。

夏嘉禾向司機、民兵說，把車子開回合肥，領導追問責任，就說夏嘉禾讓飢民搶糧，不准放槍。說完，夏嘉禾奪過一支槍，槍口對準自己的下巴，扣了板機，砰地一聲，倒在地上。

這件血案保密了二十年，紙包不住火，「四人幫」垮台，過去保密事件一一獲得平反、翻案。若是葛向東不參加安徽經濟貿易考察團來台，他還不瞭解此事。仍舊誤以為夏嘉禾回了故鄉鄆城。其實那是另一個人。從隨團來台的合肥團員的記憶中，無論從年紀、身世和經歷各方面研判，那個捨己為人的人道主義者就是夏嘉禾。

儘管安徽的客人稱讚夏嘉禾，引為共產黨的光榮。夏嘉澍卻無動於衷，只是發出謙虛的苦笑。客人怎會瞭解他的心情？如今夏嘉澍已不再痛苦；若以心灰意冷、麻木不仁來形容最為貼切。

考察團在「寶島果園」訪問一天，受到熱情款待。臨行，夏嘉澍贈送每位團員高檔水果一籃，皆大歡喜。

客人走後，夏嘉澍的性格有了變化，浮躁、冷漠，喜怒無常。阿姣生活在一起，最為瞭解，這是他的性格顯著的變化。難道嘉禾的下落，就會影響老伴？這是什麼緣故？幼姣茫然不解。

過去，嘉澍是書獃子，一卷在手，可以沉默數日。但是他如今已對書籍不屑一顧，整天板著苦臉，泛愁，發脾氣。使洪幼姣有度日如年之感。

人到晚年，最苦惱的是沒有談心事的朋友。阿姣是女人，熟人更是稀罕。她是孤兒院出來的，滿腹的牢騷說給誰聽？一日，老葛來家坐坐，趁著老伴去巷口菜館的買小菜，她向葛弗談起丈夫的喜怒無常的變化。

忍著些。讓他。他很可憐。葛弗說。

葛弗的話，簡單，卻很準確，有效。洪幼姣覺得夏嘉澍確是一位可憐的人！如果我不忍讓，同情於他，世上還有誰會可憐他？

「酒逢知己千杯少，話不投機半句多。」這是古代知識分子從實踐中總結出來的話。嘉澍不會喝酒，陪伴老葛喝，愈喝愈多；他在家中一天說不了三句話，但是和葛弗聊天，海闊天空，無邊無際，扯起來比濁水溪還長。

阿姣盼望葛弗來家和老伴喝酒、談話。只要葛弗來家，老夏心情頓時開朗，面帶笑容，充滿了生命活力。他說嘉禾在中學時期便是左傾文藝份子，寫作、演戲，非常活躍。結果成了悲劇人物。提起此事，嘉澍總掩不住內心的感慨與驕傲。阿姣知道葛弗愛吃回鍋肉、豆瓣魚、涼拌菜心，每次葛弗來家，老夏總是搶著去飯館取菜，使她英雄無用武之地。

兩人喝酒聊天。阿姣有的聽得懂，有的聽不懂，坐在旁邊彆扭，只得坐一下，溜到廚房轉一圈兒，然後再準備沏茶。看見丈夫有說有笑，內心也覺得歡喜。

李寶曾悄悄告訴她，既然夏董如此思念胞兄，何不到陰間走一趟，和胞兄會面，以了此心願？

到陰間去，怎麼去？阿姣嚇了一跳。

去「觀落陰」啊。

什麼是「觀落陰」？

「觀落陰」又稱觀靈術，起於周代民間流傳至今，法師利用咒語，將人魂魄帶入靈界，在進出的過程中，人是清醒的，可以找到陰間的親人、朋友或同僚，與他們對話。「觀落陰」是一種超自然現象，也是一種道教法術，意指活著的人靈魂跟隨作法者的指引，進行出體，到陰曹地府旅遊。觀落陰流行於華人社區，地獄遊記也就是記錄觀落陰行為的書。觀落陰的真確性尚未能證明，但很多台灣宗教團體在當地舉辦觀落陰遊行團，並聲稱其真確性。也有催眠師認為，觀落陰乃催眠現象的一種。

阿姣聽了，半信半疑。她知道夏嘉澍最煩牛鬼蛇神閒話，他是絕不接受的。李寶的好意，心存感激，便說：「這件事，我先跟老夏商量一下，再說吧。」

李寶剛轉身走，阿姣問起「觀落陰」的價錢。阿寶說一般是掛號費新台幣兩百元，有成功者加收八百元。若有需要做其他法事，費用另計。

這話過去，洪幼姣幾乎忘記。到了中秋節，他倆坐在庭院喝茶、吃月餅，看月亮時，幼姣談起這個民間習俗，引起了夏嘉澍的濃厚興趣。如果真能把他送到陰間，他得停留一年的時間，將嘉禾的親身感受，進行訪問，作為寫作傳記文字作品的材料。同時，嘉澍也想藉此機會，親自採訪毛澤東主席，請他談一些有關發動「文化革命」的秘密情況。

這是非常重要的工作，夏嘉澍覺得若能完成任務，它比司馬遷的《史記》更有歷史價值。

洪幼姣聽得發呆，手足無措。老伴催她去找李寶，為他安排「觀落陰」的事。她明知自己闖了禍，卻也難以推卻任務，只得硬著頭皮去找李寶。李寶聽了夏董的願望，大笑。她說「觀落陰」一般不超過半小時，法師以催眠方式，先讓人進入朦朧境界。問他「看到了什麼？」問了半晌，也許在陰間遇見了親人，也許未曾謀面。見了面，嚎啕大哭。結束了「觀落陰」的心理願望。但那些因八字高、命硬的人，是進不了陰曹地府的。夏嘉澍想在陰間停留「一年」，這不是荒唐可笑麼！

咋辦？

阿姣碰了釘子回來。誠惶誠恐，不知如何向老伴交代。不料，老夏卻體恤阿姣的難處，下放陰間一年，怎麼生活？有無旅館？貨幣怎麼使用？再說，離開人世一年，他怎不掛心洪幼姣如何度日？若是下去之後，回不了陽間，那豈不是早日歸陰，自投羅網？莫法度。

阿姣聽了丈夫的話，心頭石頭落了地。噗哧笑了。

夏嘉澍的這種浪漫主義的幻想，戲劇性強，他原想伴隨葛弗作顧問，洪幼姣作生活秘書，再邀「寶島果園」的兩位男工人，以留職加薪方式，陪同前往陰間走一趟。這筆預算，將是一筆不小的數目。

阿姣作出結論：賣房子賣地，錢不是問題；可是，法師沒有方法讓咱們下陰間一年，再說，你選的訪問團員，不一定願意去。至少我就不想去。

為啥？

我覺得怪怪的，有點害怕。

葛弗一定同意。老夏胸有成竹地說。

那天，葛弗來家小坐，談起此事，老葛喜上眉梢，他原對這種「觀落陰」民俗，毫無信心，因為它是唯心主義的基本根源，利用原始人的迷信無知，誇大意識的觸動作用，顛倒了物質和精神的關係。不過，葛弗卻有嘗試的慾望，因為到了晚年，不少歷史的真相茫然不解，他想藉此機會解決內心的迷團。

葛弗在青年時期，非常熱愛文學，到了台灣，凡是五四以來的新文學作品，皆列為禁書。因為作者身陷大陸，未來台灣，唯恐受到赤色的思想的影響，這是一個愚拙而不合情理的邏輯。試問，一九四九年大潰敗的時候，優秀的作家、藝術家和學者能夠順利的渡海來台麼？既使他們生活在紅旗下，寫出的作品，讓我們看了之後，將產生響應毛主席的號召，解放台灣，多快好省建設社會主義新中國……台灣的文藝青年這麼傻麼？這不是古今中外的大笑話？何況流傳民間或舊書攤的左翼作家作品，如《吶喊》、《徬徨》、《長夜》、《呼蘭河傳》，大多皆為一九四九年前的出版品，把這些書列為禁書，實為不智之舉。若反共抗俄這樣抗下去，抗不到一百年，咱台灣人民便成了專會喊口號的傻瓜。

葛弗憋了一肚子的怨氣，想去陰間找國共鬥爭的領導人，請他們說清楚，講明白，兩岸對峙半世紀，不准通信，這在古今中外從未見過的欺民政策。毛老頭兒，蔣老頭兒，你倆有妻子兒女，為何你們闔家團聚，卻使我們一九四九年來台灣的軍民骨肉分散，相互不知死活！這筆帳，不能忘，得清算！

他們託阿姣把李寶找來，表明他們的願望。李寶的表哥就是一位乩童，她說陰曹地府設有十殿閻君、八王、判官、左三曹、右三曹、七十二司、牛頭、馬面等大小官職，各職鬼事。「觀落陰」亦稱「放陰」、「下陰」，若想進行，先把生辰八字交與乩童，通過研究才能舉行下陰。葛弗、夏嘉澍當即把個人的生辰八字，寫給李寶，說明他們到陰間最少得半年以上，若能帶隨員兩名，比較方便。李寶聽了暗自吃驚，卻不敢當面推辭，走了。

兩日後，李寶稍來回信，法師難以辦理兩人下陰之事，一是八字過硬，二是停留陰間超過規定，對方難以辦理。葛弗、夏嘉澍聽了，傻了眼。

李寶冷靜地說，「觀落陰」是民間迷信，並不合乎科學原則。夏總想下陰半年，甚至一年，去找歷史人物討論史話，未免小題大做，惹人笑話。她繼而提起經營果園的問題，海峽對岸有人發展水果罐頭，竟然銷到各大城市，營業額達到千億人民幣。以咱「寶島果園」的優質水果產品，如果生產水果罐頭，絕對可以超過海峽對岸的業績。

妳跟林董談過麼？

林彪猶豫不決。

夏嘉澍沉思了一下，說，回去找個時間召開董事會，咱們討論這個發展方向。蔣經國說過，「今天不做，明天就會後悔。」也許搞水果罐頭是一條新的營業目標。

葛弗也同意李寶的這個想法。至於「觀落陰」的事，就此不了了之，成為一則笑話。洪幼姣的評語最為貼切適當：「吃飽了，撐的。」

在董事會上，與會人員對於製造罐頭果品，有不同的意見。討論結果，將這種食品加工保藏案，列為試探性的開發項目。投資不多，人力有限，首先選擇優質水果，製作罐頭，目標朝向河南、四川人口密集的城市銷售。罐頭製作工廠，設於「寶島果園」。招聘技術工人，將處理後的高檔水果裝入馬口鐵罐，經過排氣、密封、殺菌等工序製成水果罐頭。

會中，通過建立「寶島果園加工廠」，籌辦、經營業務由李寶、巫善玲二人負責。

業務展開，招募人材，才暴露出台灣教育的失敗。在文憑至上、學歷第一的觀念政策下，男的路線是建中↓台大↓美國哈佛；女的則是北一女↓台大↓英國劍橋。因此培植出來的都是耍嘴皮子的官僚政客，外交官夫人。若讓他們做實際的工作，搖頭，苦笑，淡淡地說：「那是低層人的事。」當初李寶向林彪提起搞罐頭加工業，林彪就不熱心，因為他知道在「博士滿街走，碩士多如狗」的台灣，招聘製作罐頭的技術工人，不易。有的進了大企業公司，有的西進海峽對岸，單打獨鬥作了台商。

李寶是一個逞強好勝的女人，她費了九牛二虎之力，終於把罐頭加工廠辦起來。夏嘉澍關懷此事，問她有無困難。李寶實話實說，生產品可以流通台灣市場，若朝人口密集的重慶、洛陽推銷，那真像〈朦朧詩〉上的詩句：「我到哪裡找啊，宇宙是那樣蒼茫遙遠，我只有守著夢想。」

行，只要推出「寶島果園」的水果罐頭，就是成功。

「寶島果園」的水果罐頭，生產出來了。不過，賣了一年，它還沒有越過濁水溪，換言之，中南部的雜貨店，從未見過這種貨品。至於推銷對岸，李寶只有「守著夢想」。春節前夕，葛向東來台灣接洽生意，順便帶回幾罐水果罐頭，問一下合肥有無意願代銷，等了半年，杳如黃鶴，夏嘉澍見了老葛，也不好意思問，看來李寶只有繼續「守著夢想」吧。

那年，「寶島果園」的水蜜桃豐收，顆粒大，味甜，令人垂涎三尺。正要採收時，有人到果園勘查景致，準備在水蜜桃區拍攝電影故事片。大抵受了李寶的阻止，便傲慢地來見夏嘉澍。

夏總對客人說，既然李副總經理有意見，你們就到其他地方拍攝吧。因為最近兩天便得摘下水果，恰和拍戲時間衝突。這是抱歉的事。

那位電影劇務人員，吹噓他們的電影賣座稱霸，到處是影迷。把「寶島果園」景致拍下來，很多影迷會跑來買水果，你們這種呆板的作風，怎麼能夠使業績上升？臨走，劇務撂下一句重話，讓老夏聽了啼笑皆非。「我們季導演得過奧斯卡金像獎，跟你們縣長是鐵哥們，你不答應也得答應。明天下午，我們就進場地拍戲。」

來吧！小心我砸斷你們的狗腿！

那個劇務回了一下頭，大概聽見了老夏的話。

人多好辦事，翌晨，任勛動員男工，在短暫的兩小時內，把水蜜桃的熟水果摘完，裝箱，然後分送市區兩座門市部，留下一部分在公司大廈出售。於是，水蜜桃區呈現一派蕭涼景象。

下午，約莫三時，一輛客運車拖來一群辣妹帥哥，攝影機，服裝道具；而且載來不少媒體記者。接著，一輛輛的豪華轎車駛近果林前，走下來的是男女主角、導演和高級職員。許多辣妹、帥哥走進大廳買水果，他們以為店員一定請他們簽名、照相，熱情包圍過來。不料，這些店員卻大模大樣，冷漠應付，

水蜜桃，多少錢？

論斤計算，不收美鈔，收人民幣、台幣。

辣妹挑了兩顆，一聽價錢，嚇了一跳，硬著頭皮，買了下來。不過，她洗淨後，咬了一口，大聲說：「真好呷。我吃過加州水蜜桃，拉拉山、梨山的水蜜桃，都趕不上這

裡的水蜜桃甜，好呷。不過，貴了一點。」

這時，導演氣呼呼地走過來，質問：「為什麼把水蜜桃摘掉？教我們怎麼拍電影？把你們老闆找出來！」

走出來的黑大個子，像拳王喬路易，司機。「你找我做什麼？」

我已經通知你們，今天下午拍片，你們為什麼把水蜜桃摘掉？

你是幹什麼的？

導演掏出名片，遞給喬路易。喬路易瞅了一眼，告訴對方。在「寶島果園」拍影片，應先填妥申請單，等待召開董事會，經過一百零八位委員半數通過才行。

哼，申請表給我。

你去縣城文具店買，我們沒有。

那個導演驕傲地說，縣長已經同意來拍影片，你們任何人卻沒有阻攔的權力。

喬路易捏緊了拳頭，和顏悅色地說，縣長，他是「寶島果園」的一百零八位委員之一，他只有一票。你們需要五十四票同意，才能進來拍攝影片。

那位電影導演扳起嚴峻面孔，厲聲地說：「你們摘掉了水蜜桃，這兒已經不能拍片了。這次的損失，我會記在你們的帳上。」說完，扭頭走了。

慢走，姓季的。我的拳頭隨時候教。掰掰！

六

喬路易是「寶島果園」的司機。他原名林祥海，住在前面林厝村，是林彪的遠房堂弟。他身體強壯，相貌稍醜，因此不受人歡迎。服兵役時，林祥海是海軍爆破隊員，當選過戰鬥英雄。退伍後，找不著工作，一天到晚待在家裡。發牢騷，打老婆，後來他老婆跟他辦了離婚，帶著一個牙牙作語的女兒回了高雄。

林祥海的駕駛技術特棒，開貨車，穩穩當當，沉著謹慎。他最大的優點，不吸菸、不喝酒、不嚼檳榔；唯一的缺點，則是性慾稍強，只要妓院的姑娘，發現喬路易的影子，一個個像老鼠遇見大黑貓，趕緊逃之夭夭。若不幸被他逮住，死不了也得脫一層皮。

林祥海的綽號「喬路易」便是從妓院傳揚出來的。

林祥海不合群，常受人排擠，他又不懂得忍受，所以常失業在家。「寶島果園」生意忙，司機少，任勛偶然想起了他，便這樣做了臨時工。一日，夏嘉澍聽了有關林祥海的情況，覺得是個人材，便找他談話。

若是你來「寶島果園」做專任司機，你想要多少工資？

祥海低頭說：我沒有家庭負擔，你給多少，我拿多少。我是林厝村人，回家方便，我喜歡在這裡工作。

你進來之後，得守規矩，咱這裡只有兩部貨車，目前只有兩個年輕司機。你來了，帶領他們，作他們的榜樣。只有一點我不放心，工廠女孩子多，別招惹她們。

我知道。夏董。兔子不吃窩邊草。阿彪已經交代過了。我一定遵守規定。

老夏聽了非常滿意，當即聘請林祥海為專任司機，自即日起核算工資暨福利獎金。林祥海在「寶島果園」深受男女職工的喜愛。他的人緣好，不跟同事亂開玩笑。夏董囑咐他不招惹女孩子，他絕不主動跟女孩子打招呼。公司職工都喊他「喬師傅」，他也回應。他大腦單純，四肢發達，做事謹慎，行動敏捷。幹了不到一年，已經成為「寶島果園」的重要人物。

喬師傅專業是貨車司機，夏董讓他管理其他兩位司機，卻不讓他開車，除非忙不過來時插手，屬於幫忙性質。他的職位是「罐頭加工廠」執行副廠長。喬師傅不驕不怠，他容貌醜，從來不在門市部露面，但是遇到難纏的客人，喬師傅出來一亮相，對方便立刻退避三舍，變成縮頭烏龜。他那兩個黑唬唬的鐵拳頭，猶如《水滸傳》黑旋風李逵的兩把斧頭。那個專會敲詐台灣的季導演，原想找人修理喬師傅，卻因忙於拍片、撈錢，騰不出時間來「寶島果園」，也算他祖上積德，少挨一頓揍。其實在喬師傅的眼中，這些跑到外國闖蕩混飯吃的文化人，可憐且可悲。他們看準了國人心理變態，「遠來和尚會唸經」，所以身價便高漲起來。喬師傅的拳頭不是隨意出手的。

人不可貌相，海水不可斗量。夏董有一天跟喬師傅聊起文學出路問題，談到曾獲諾貝爾文學獎的北京作家高行健，他在法國出版一本《一個人的聖經》。真是荒唐虛妄。他的這本小冊子，表達思想和文學觀：反對一切、懷疑一切、打倒一切，他是人類的寫作者，他是一個純粹的自由主義作家。

他不是胡適之的徒子徒孫麼？喬師傅握緊拳頭說。

這種人，若到「寶島果園」參觀，咱能歡迎嗎？

偽詩人、異類學者、假洋鬼子，咱絕不跟這種人打交道，得不到學問，我林祥海不理他們。

夏嘉澍驚訝起來，這種思想，喬師傅是從哪兒得來？他只讀過高中，在軍中服役兩年，鍛鍊了一副鋼鐵般的健壯體格，為啥他對文學還有這麼深邃的修養，怪哉。

諾貝爾文學獎，中國只有一個人得獎，喬師傅，你應該佩服吧。

我看不起投機份子，世界上不管士農工商，凡是搞投機倒把的傢伙，都是壞蛋。這個姓高的在北京離婚，竟然買了香檳酒慶賀，招待文藝朋友，法文系同學，這種人值得我佩服麼？

你聽誰說的？

聽你說的。

原來半年前，喬師傅開車子送葛弗回新竹，他跟夏董聊了一路的海峽兩岸文藝話題。他記憶力強，也有文藝性情，所以這些談話一直在他腦海盤旋。

夏董說：文藝商品化到了高行健這個地步，已經沒有思想可言；像一個人只剩下軀體，冰冷的死屍，還談什麼！夏嘉澍沉痛地對喬師傅說：「阿海，你知道我的性格，我不搞文學創作，因此我不會嫉妒高行健，他得了諾貝爾文學獎，毫不光彩，而且丟人現眼！咱台灣還有一小撮學院派詩人，跟著姓高的屁股走，想攀上獎金評審委員，撈上一筆進棺材。你說這種作家心態多麼幼稚、可憐！」

喬師傅的看法，似乎比夏董深入。大陸人愛撈錢，因為窮怕了；台灣人愛撈錢，乃是賭風猖獗，難以遏止。從基隆到高雄，賭六合彩、大樂透、炒股票、賭鴿子，兩千三百萬人，有一半是賭鬼。他激動地說：「這個民族真是『賭性』堅強，還有啥希望？」

喬師傅的話，使老夏感到新鮮有趣，連阿姣也覺得有理。過去，他們從來沒聽過這樣的話。看起來，他們夫婦深居簡出，孤陋寡聞，不瞭解社會上的真正狀況。這猶如一個戴烏紗帽的政客，只要發現報紙上有人寫文章攻擊他，他就去拜望對方，送禮——搓湯圓（安撫）。但是對於有恩於他的人，卻非常淡漠，因為在他心目中，這是他的奴隸。政客的出發點是網羅所有的選民，都投他一票。這種政治生態，如人飲水，冷暖自知。

葛弗聽了這件事，覺得驚異。早在戰國時代，范雎為秦國策劃了一種外交策略。他說：「王不如遠交而近攻，得寸則王之寸，得尺亦王之尺也。今捨此而遠攻，不亦謬乎？」葛弗指出，范雎雖然一度作了宰相，但是他最後仍是失敗的。因為出發點不純正，為了戴烏紗帽。他說：「為了當官，做人遠交近攻，八面玲瓏，情有可原，若是作家運用這種策略手段在文藝圈鬼混，那註定是失敗的下場。」

那日，季導演然帶了四個隨扈，氣呼呼地來「寶島果園」辦公室，說要找「林老闆」。幾個職工見勢不妙，急忙分別以手機轉告主管。首先到場的就是「林老闆」。

季導演畢竟是見過大場面的藝術家，他驕傲地坐在沙發上，說明過去二十年來，他在美國拍製了不少影片，為台灣爭取了很大的榮譽。他並不在乎名氣，因為他已名揚國際；也不在乎鈔票，因為他有一流的編劇、演員團隊。

你這些話，說給誰聽？

林老闆，我來找你，請你給我一個答覆。

喬師傅笑了。啥答覆？請講清楚、說明白。

這時，夏嘉澍、任勛、林彪和李寶，陸續走進辦公室。

季導演說上次率同劇組前來拍戲，撲了空，造成他們很大的損失。他提出三個和解條件，否則決定依法律程序，提出訴訟。一是賠償新台幣兩百萬元；二是以「寶島果園」名義，在台灣四家報紙刊登道歉啟事；三是季導演的武俠新片，將在「寶島果園」

進行拍片三天，不付場地費，並得無償供應演職員茶水。

林彪剛想反駁，夏董立刻制止，「聽喬師傅說話。」

喬師傅剛站起來，那四個保鏢便向後退三步。他不慍不火地說：「季導演，既然你代表帝國主義，把台灣視為殖民地，我答應你的三個條件。不過，小弟也有一個條件——」

你說。

你來台灣，從南吃到北。為了拍電影，害得許多攤販不能做生意。我想請你嚐一嚐我喬路易拳頭的滋味。

你耍流氓？

我專打流氓。

四個保鏢，擺開陣式，迎戰喬師傅。喬師傅一身是膽，飛起兩條掃擋腿，當即踢倒了馳名國際的電影導演，罵了一聲：幹你娘，基掰！

那四名被雇來的保鏢，頓時縮頭縮腦，不知所措，站在面前的這個魁偉的大力士，能把季導演揍得鼻青眼腫，皮開肉綻。別說四名保鏢，即使再來四十個，也不是這個硬漢子的對手。他哪是「寶島果園」的林老闆，簡直是梁山水泊的「黑旋風」李逵！

林彪把喬師傅拖走，免得鬧出人命。那位專門導演邪門歪道題材的季導演，才在隨扈的攙扶下，上車，滾回酒店，結束了這場丟人現眼的鬧劇。

最使人難忘的是車子發動引擎即將駛離，「寶島果園」的十多位女店員，列隊歡送，邊捂嘴偷笑，邊揮動手臂，向那位挨揍的導演說：「歡迎再度光臨！」看那導演的臉都綠了。

車子走後，女店員笑得前仰後合，樂不可支；把客人揍了一頓，還歡迎人家再度光臨，這是什麼禮節？這個風波過去很久，每逢聊起來，總會引起店內一片笑聲。

任勛做事謹慎細心，他把季導演的挑釁過程，都用手機拍攝下來，作為將來雙方訴訟的有力證據。林彪推斷，這個專會撈錢的導演，跟北京張大師差不多，最要面子，他是不敢再來找碴兒的。因為他沒有理由鬧事，並且喬師傅的拳頭他惹不起。吃了啞巴虧，認了。

林彪的推斷正確，這件事過了很久，也就不了了之。林彪內心非常感激阿海，不知如何酬答他。他和夏董談及此事，夏董思索良久，喬師傅不菸不酒，無不良嗜好，只是在異性問題難以解決。他想派喬師傅去沖繩考察水果市場情況，讓他在異域獲得性的解放。於是，他把阿海找來，談話。

夏嘉澍讚揚他捍衛「寶島果園」不畏季導演威嚇的勇氣，值得佩服。為了擴展經營業務，董事會想派阿海去沖繩考察水果市場，所需費用由董事會支付。考察時間在一週之內。

我？不……行啊。

別這麼說。聽說你會日本話。

算了，我只會幾句洋涇濱，派不上用場。

老夏順水推舟，他說日本娘兒們溫柔體貼，你只要誇獎她漂亮，她就死纏著你不放。去吧，算董事會慰勞你的！

林祥海聽了這席像是玩笑話，覺得納悶，但卻無法表達內心的感情。夏董待他，猶如兄弟，他咋不知道？說是讓阿海去沖繩考察水果市場，有點沉重，實際上夏董是想藉此理由讓他去散心。

沖繩島是日本沖繩群島的主島，長約一百零五公里，面積一千兩百五十七平方公里。最大的港都那霸。這也是阿海這次停留考察的地方。

那霸市場的高檔水果，比台灣多。他們對於台灣的香蕉、水蜜桃比較有興趣。阿海仔細觀察日本市場的環境清潔、職工有禮貌，而且貨品陳列整齊，這是咱們應該學習的地方。入夜，那霸繁華熱鬧，車水馬龍，燈紅酒綠，一派歌舞昇平景象。紅燈區的辣妹，奇裝異服，讓阿海眼花撩亂、小鹿亂撞。

阿海已經忘卻了異性的脂粉味。在台灣，妓女戶的姑娘把他視如虎狼，退避三舍；進了「寶島果園」，和女職工又得保持距離、以策安全。如今來到陌生的地方，阿海自由了，女人還不懂得畏懼他。

他被拖到一間密室，進行肉搏，大抵時間過長，那個日本辣妹露出苦瓜臉，開始呻吟。正在此時，有位年紀稍長的妓女，走來換班，不料因阿海用力過猛，使妓女心肌梗塞，送進醫院。四五個阿巴桑向阿海鞠躬、道歉，把這位戰鬥英雄送走。

英雄走了一段路，又被不知死活的風塵女人拖進去。他先說明，需要二名妓女同時伺候，先付工資，對方咯咯直笑。但等進入肉搏戰，兩個妓女卻低聲發起牢騷。阿海聽不懂沖繩俚語，充耳不聞，只是按照戰術進攻，把兩個妓女整得叫哭連天，悄聲罵娘。直戰到東方泛出魚肚白，阿海才勉強下馬。待低頭時，那位個子稍高的女人死了……不，脈膊還跳動，大抵受不了，暈了過去。

林祥海返回旅館，沐浴，睡覺。傍晚，才向櫃台結帳。搭晚間七時班機飛返台灣。

「床笫間的悲劇，是人間最大的悲劇」，列夫•托爾斯泰的哲語，確為普遍真理。男女之間，雖然戀愛期間，比水蜜桃甜，但是兩人若結為夫婦，生活情趣南轅北轍，性生活同床異夢，沒有共通的語言和想法，這倒不如離婚來得幸福自在。林彪曾數次在董事會提出倦勤辭職的話，經過勸阻，卻始終難以挽回他的意願。

夏嘉澍約他小酌，談起此事，林彪才說出實情。他和李寶已情感破裂，不能住在一起，這是任何力量也阻擋不了的事。

你有什麼計劃？

去花蓮，繼續經營大理石工廠。

你不帶阿寶一塊走？

我的計劃是辭職、離婚，然後隻身去花蓮。夏董，請你成全我，我忘不了你的恩情。

夏董躊躇片刻，問起誰能接替林彪擔任董事長？林彪果斷地說：「任勛。」誰接總經理呢？

林彪低下頭，沉思。他覺得人不可貌相，海水不可斗量。作為經營負責人，學歷還是其次，重要的是做事的魄力和才幹。當年夏董提攜林彪，就是以這種條件作的決定。你的意思——

林祥海是我堂弟，他人醜，心不醜。他的辦事效率很高，而且清廉，你可以考慮一下，我的推薦也許基於私情，不過，將來你會瞭解我說的沒有錯。

為了穩定職工的情緒，夏嘉澍保密林彪離職原因，首先發佈人事調動：任勛擔任董事長，李寶榮升總經理，林祥海調升副總經理兼食品加工廠長。接著，夏董批准了林彪的辭呈，等他去了花蓮，才傳出林彪和李寶離婚的事。

「寶島果園」的業務，蒸蒸日上，依舊和往昔一樣。

不久，公司竟然接到那霸的訂單，對於「寶島果園」生產的水果罐頭頗有興趣。不用問，喬師傅去沖繩不只散心，還是有收穫的。

阿海做了廠長，許多職工仍舊喊他「喬師傅」，倍覺親熱。每到蘋果、水蜜桃成熟時，山上果園常被人偷摘，引為最頭痛的事。過去，每隔數日，派幾個身強力壯的工人，巡視果園，但卻遏止不了宵小之徒的夜間偷襲。一日，夏董跟喬師傅談起此事，阿海建議在山頂蓋一個工寮，晚間巡山人員可以休息。這個辦法確實有效。不過，這如同稻草人一樣，它是瞞騙不了偷摘水果的人。除非「寶島果園」派出巡山人員在工寮住宿。

任勛認為派工人夜間在工寮留宿，雖然僅是水果收穫時節，短暫一兩個月，也是頗費腦筋的事。一要是單身漢，二要是清廉可靠，三要是身強體壯並膽識過人。至於工資，當然要額外補貼。

喬師傅自告奮勇說：「蓋了工寮，到了水果成熟季節，我晚上去睡。」

夏嘉澍笑了。

眼看快到收穫時期，馬上派人建造工寮，並且購置簡單的家具，供給住宿者使用。為了防止這件事傳揚出去，連內部也保密情況下進行。換言之，喬師傅上山頭住宿，公司的職工皆茫然不曉。

飄雨的夜間，烏雲蔽空，山野漆黑一片。幾名黑衣壯漢帶著麻袋，沿山路向蘋果園前行。有人以打火機點菸，剛吸了一口，卻從遠處飛來一顆蘋果，打中吸菸者的腦袋。幾名壯漢圍過來為同伴擦拭血漬，包紮傷口，發現飛來的不是蘋果，是一塊堅硬的石頭，這才大吃一驚：誰扔的石頭？是人，還是鬼！

繞了一段山路，雨開始緊了。幾名偷竊犯才匆忙下山。那時，工寮已傳出喬師傅熟睡的鼾聲。

偷竊犯受了輕傷，吃了啞巴虧，心中暗想探個究竟。那晚月明星稀，幾名壯漢結伴成行。剛走到水梨園口，聽得前面懸崖傳來女人的呼喊聲、尖叫聲。

聽，女鬼？

坐下。山野恢復了寂靜。

趕快摘梨吧。有人催促。正想動手，懸崖方向又傳來尖銳的叫聲，這下真的把偷竊犯嚇得縮成一團，心噗通噗通跳，女鬼尖叫聲持續了五分鐘，方才歇止。

回去吧。有人已沒心偷水果，因為女鬼的尖叫聲實在令人毛骨悚然。

因此，果園的水果沒有折損，收穫不錯。

「寶島果園」鬧鬼謠言，從盜竊犯嘴裡傳播出來，引起林厝村民的心理恐慌。台灣文化教育水準，逐年提高，村裡的知識青年，對於怪力亂神，感到滑稽可笑。寒假，幾名大專生組成「抓鬼隊」，選一個月黑風高夜，帶著攝影機、木棍，結伴上山去抓鬼。果然，他們走到山頂的懸崖高處，發現女人的喊叫聲是從工寮傳出來的，誘惑、淫蕩，使幾個正值青春期的小伙子，頓時癱瘓下來。

聽到這令人全身酥麻的女人叫床聲音，幾個不知羞恥的大學生，緊急會商，先行下山，以免打草驚蛇。計劃改日再來時，攜帶錄音機，將工寮內傳出來的淫蕩聲音錄下來，製成光碟販售，賺來的錢平均分配。

不料，再次月黑風高之夜，按計劃前往探幽錄音，卻不見蹤影。掃興下山，有人脫隊，竟然遇上野人，黑唬唬的，孔武有力，一拳把大學生打翻在地，揚長而去。大學生逃回林厝村，見到同伴，急忙把所見所聞，以及挨揍經過，和盤托出。

是野人麼？台灣怎會有野人？一定你看花了眼。

月黑風高，伸手不見五指，我咋看得清楚？

寒假的時間短暫，這件祕事不久便湮沒無聞，開了學，這幾個未來的國家棟樑，都滾回北部大都市混文憑去了。

元宵節，喬師傅到夏董家吃湯圓，兩人聊起罐頭加工製造和推銷情形，那個壯漢流露出倦勤之意，使夏董感到錯愕失望。

你有啥不愉快的事麼？

喬師傅低頭，沉思，難以啟齒。

是任勛欺侮你？

搖頭。

有委屈告訴我，我替你做主。夏董拍胸脯掛保證地說。

喬師傅是有頭腦、講義氣的人。他在夏董提攜下，抱著士為知己者死的精神，投入工作，以報答對方的恩情。但是，他在情感上碰到了知己，竟把他纏得坐立難安，死去活來。紙包不住火，這種男女之間偷情的緋聞，在娛樂影視圈不算什麼，但它在民間企業界卻會發生悲劇。為了不辜負夏董對他的栽培之恩，喬師傅決心提出辭呈，遠走高飛，到北部去謀生。

不行。你是人材，我捨不得你走。

可是，我做了對不住你的事，我沒臉再待下去。

說清楚吧，也許我會原諒你。

於是，喬師傅囉哩囉嗦，把他和阿寶的事，講了一遍。他承認自己性慾太強，但卻不應該跟堂嫂私通，這是亂倫的行為。若是傳揚出去，他實在無法立足，也可能對「寶島果園」名聲造成負面影響。他說：夏董，我打算去北部開計程車……

不行！夏董輕鬆笑了。阿海，你別緊張，既然阿寶離了婚，她有戀愛的自由，你追求她也是正大光明的事。趕快去地方法院辦理結婚手續，別拖了，夜長夢多！

夏董催促他倆結婚，明智之舉，兩人結為伴侶，真乃幸福無涯，天公有意巧安排的美事。婚後，阿寶才透露出一件祕事：她和林彪偷情時期是甜蜜的，但婚後不到半年，林彪的性生活發生了變化：每次行房，半途當機，起初阿寶忍氣吞聲，不發一語，但是日久天長，則開始吵架。陽痿，這個毛病普遍，卻難以診治，也無法向醫生詳告病情，啞巴吃黃蓮，心裡苦，說不出去。阿寶在虎狼之年碰上喬師傅，如魚得水，其樂無窮。藏在喬師傅褲襠的大茄子，曾整得不少風塵女人呼天搶地，奪門而逃；但卻被阿寶視若珍寶，小孩吃糖，愈吃愈饞，百吃不厭，竟使喬師傅有吃不消之感。這些祕事，局外人都不知道，只有他們兩人知道。

李寶和喬師傅婚後，兩口子免於麻煩，索性住在果園的工寮。一則不怕聽房的無聊分子，二則沒有人前往打攪，最重要的是葡萄已將成熟，提前兩天搬去工寮，還可以順便防竊賊。這個主意是喬師傅決定的，他早已瞭解林厝村那幾個無聊的大學生，曾在寒假期間上山抓鬼。他不告訴阿寶，免得使她害怕，這種體貼入微的心情，實在可敬。

喬師傅住在工寮，原是一件機密的事，如今公開出來，卻發生嚇阻作用，偷竊犯聞知喬師傅住在山上，怎敢貿然前往挑戰？那豈不是跳到海裡摸鯊魚，找死？

葡萄收穫以後，喬師傅和阿寶便搬回林厝村。從此，偷竊犯便消失了蹤影。即使任何高檔水果成熟時節，也不會發生偷摘事件，因為有喬師傅住在林厝村，偷竊犯早就嚇破膽，哪敢輕舉妄動。

新水果成熟上市，客人川流不息，店員比較忙碌。她們最頭疼的是有些顧客，醉翁之意不在酒，喜歡跟女店員打情罵俏，以蒼蠅盯肉戰術進行追求。凡是遇到這種人，李總經理便會出來解圍，免得女店員陷入難局。李寶年紀稍大，但是她未生育，徐娘半老，風韻猶存，不少人還特別欣賞她的風姿。一位來自北京的中年人，命理學家，來此買了一盒水蜜桃，竟然看上了阿寶。阿寶心中明白，對方以為「總經理」地位高，鈔票多，可以撈一點油水，可笑。

這位羅姓「心靈大師」，曾在電視節目露過幾次臉，胡吹海唠，賣書撈錢。阿寶早已對他恨入骨髓。既然他自動上門，也得應付一番。

羅大師談風水、看面相，被喻為當代命理學界奇才。他曾替當前台灣政客名人算命、卜卦、看墓地。李總經理以弟子身份接待大師，聆聽他對「寶島果園」風水的意見，但是羅某的話，她一句也聽不懂，只是頻頻點頭應付應付。

終於，「心靈大師」提出指示：農曆十八，晚間八時，他要李寶陪同，上山勘察果園風水。不知李寶肯願否？李寶作揖同意，並願在家準備晚宴，接待大師，俟飯後再上山。不必。我八時抵達。

李寶叮囑大師，不必開車子，她可以派專車送大師回去。羅大師的心裡開了花。這一回，人財兩得，好運到。

晚上，阿寶夫婦洗過澡，喝茶。聊起羅騙子看風水的事，阿海嘿嘿直笑。他說，羅某選擇「農曆十八」晚上，是有學問的。因為「十七、十八月黑頭」，伸手不見五指，可以做出傷天害理的醜事。他建議阿寶那晚穿一件黑色洋裝，陪他上山。

你得穿黑夾克、黑褲、黑膠鞋。

我去幹什麼。

開車子，送羅大師上山。

農曆十八日晚間八時，公司提前打烊，總經理室燈火通明，準備了水果點心，迎接貴賓。羅大師邁著輕快的腳步，走了進來。大師向李寶的眉毛仔細端望，露出驚異的神情：「李總經理，妳今年臘月千萬不能出門，否則血災臨身，難以避免。記住，臘月二十三到除夕，五鬼纏身，特別要留神。」說著，羅命相學家坐下，向阿寶說：「我的時間比較緊張，咱們去果園看風水，回頭我得去城裡跟一家建築公司簽合同……」

「您買房子？」李寶問。

羅大師苦笑，搓了一下手掌，瞄了阿寶一眼，露出詭異笑臉。「不瞞妳說，我最近手頭不寬裕，這個數目，竟然使我為難，滑稽可笑！」

還差多少？

三百萬。

需要支票還是現金？

當然是現金，否則根本沒有任何問題。

李總經理表示，等上山看過風水，再取錢。為了爭取時間，她想立刻動身前往果園。

兩人走出總經理室，李寶向一個工人說：「喬司機上哪兒去了？叫他把車子開出來，送客人上山。」

一輛黑色的賓士驕車，載送著一對男女，沿著崎嶇的山路前往。也許阿寶今晚的露胸黑色洋裝太過性感，或者羅騙子認為阿寶是一個淫蕩女人，他竟然開始朝阿寶毛手毛腳，撒野起來。

李寶躲避不及，輕聲說：「你急什麼？前面有工寮，沙發床……」

果然，司機加足了油門，剎那間轎車停在一座工寮前。羅大師攙扶著李寶下車，進了工寮。

李總經理擺出一副官僚的氣派，從衣袋摸出一張千元大鈔，囑咐喬師傅：「明天中午，來這裡接我們。」

喬師傅頂嘴，「中午？幾點鐘，請總經理說清楚。」

羅大師當過大學教授，博學多才，禮賢下士。他說：「中午，就是午飯以前，你來接我們下山。」

客人冷笑。

喬師傅向客人諂媚地說：「命相學大師，你給我算一算，我什麼時候發財？」

「怎麼，瞧不起人是吧？姓羅的，我問你，你偷渡來台灣撈錢，是怎麼進來的？你得跟老子交待清楚！」

這個司機是不是有神經病？羅大師轉頭問李寶，李寶傻了眼，沉默起來。

喬路易的拳頭飛向前去，一拳打得羅大師鼻孔噴血，二拳揍得羅騙子昏倒在地……這時李寶下令住手，趁夜把這個社會主義的渣滓送下山，扔到縣城的一條僻靜街巷的垃圾箱旁，然後才去火鍋店吃宵夜。兩人的肚子實在餓了！

說來奇怪。這位神通廣大縱橫海峽兩岸的命相大師，挨了揍，吃了悶虧，卻不報警，彷彿沒發生過任何事情。隔了半個多月，羅騙子又在螢光幕上，幹起了招搖撞騙的行業。台灣真是民主自由的好地方！

直到春節前，「寶島果園」職工領紅利的時候，夏嘉澍才聽到喬師傅揍羅騙子的事件。他誇獎喬師傅為民除害，值得表彰；不過夏董也有微詞，要是能把這個撈錢的大騙子揍得稍重，如腦震盪等後果，豈不更會大快人心？

洪幼姣對於老伴的想法，不以為然。她認為這個羅某為了混碗飯吃，淪落到這個地步，也挺可憐，給他兩拳頭，解解恨，也就算了，何必跟他記仇呢？中國大陸人多，好人多得是，誰讓這位「心靈大師」來咱這裡買水蜜桃，看上了阿寶呢！這叫做「無巧不成書」。

夏董聽了哈哈直笑。他評論阿姣的話是「混世哲學」，不明是非、不分青紅皂白，若推舉洪幼姣當總經理，一定垮台。

阿姣跟了丈夫大半輩子，卻不理解對方的做事原則。例如他收藏的一套《魯迅全集》，破破爛爛，幾乎成了一堆廢紙，他卻視若珍寶。三十年前，他在台北牯嶺街擺舊書攤，有人出五千元新台幣要買它，老夏不願意，後來對方出價一萬，那筆錢已算是天文數字了，夏嘉澍考慮了三天三夜，像賣掉親生的兒女，最後仍是搖頭。這套書他曾借給葛弗看過，一直藏在書櫥裡。兩岸開始文化交流，舊書攤紛紛倒閉，老夏這套《魯迅全集》連兩百塊錢也賣不出去。只有放在書櫥當傳家寶了。

這套書是怎樣來的？一九四九年二月，三九團在海南島海口，等待艦隻撤退來台灣，他在街上書店翻書，發現這一套《魯迅全集》，湧出了貪心的慾望。一問價錢，嚇了一跳，他身上沒有那麼多的錢。咋辦？他又怕轉眼之間這套書被別人買走；他更擔心夜間緊急集合上船，思索半晌，身上只有左手腕戴著一只手錶。他走到附近一家當鋪，對方問他當多少錢？

老夏誠實地說出自己的意願，開當鋪的低下頭，數了一疊不多的鈔票，遞給他。他連數目也沒有問，便衝回書店把《魯迅全集》買下來。

老夏買回這套書，等於買回一顆隨時爆炸的砲彈。當年，凡是身陷神州大陸的作家作品都是禁書，看禁書、藏禁書，犯罪。輕則抓去審問，重則被捕、送往綠島。夏嘉澍把這套書藏在包袱裡，看的時候，抽出一冊，書的外面包上一張紙，上寫「七劍十三俠」或「濟公傳」。直到退伍，擺舊書攤，他才拿出來出售。其實是祕藏書庫，有行家來打聽左翼作家的作品，才敢取出亮相。

阿姣當初曾勸他將《魯迅全集》零售，老夏不肯，他認為零賣出去，可惜。留下整套賣，買主又嫌貴，結果這套書就成了古董，作了夏家傳家之寶。

有時，提起往事，阿姣發牢騷，「書獃子，沒有用！」

老夏罵她：「妳懂個屁！魯迅是中國新文學大師，他是哪裡人，妳知道麼？」

「宜蘭三星，出蔥的地方。」

老夏的鼻涕噴出來了。他接著笑得直喘氣。老伴趕緊過來為他擦鼻涕、捶背。

「魯迅不是宜蘭三星？」阿姣冷靜地說：「難道不對？」

「浙江紹興。」

洪幼姣總以為魯迅是從三星搬走的。從小吃葱，嘴裡有辣味，寫出的雜文也有辣味。她常聽丈夫和葛弗談起此人，耳濡目染，也就跟魯迅熟悉起來。

夏嘉澍批評政府過去把魯迅作品查禁，犯了原則性的錯誤。早在一九三五年九月，魯迅便在上海病逝，他跟老共也扯不上什麼關係。王賡曾請他寫一部戰鬥性的長篇小說，類似俄國《鋼鐵是怎麼煉成的》，提高青年革命精神。魯迅卻沒有答應下來。沒有生活體驗，他怎麼去寫？

查禁優秀作家作品，吃虧的是台灣文藝小青年。老夏指責台灣報刊上發表的散文、現代詩、小說，有水平麼？能給讀者絲毫滋養麼？不會「立正、稍息、開步走」的大學女教授，指導軍中作家的文藝創作，這不是胡鬧麼！

阿姣聽這些牢騷話，非常討厭。只要心情不好，就頂撞過去：「你沒有學歷，講的話沒人聽！別忘了人家是台灣大學西洋文學系教授，博士！」

狗屁！

阿姣噗哧笑了。

台灣這些官僚政客，我敢打賭，若是有一個少年時期看過魯迅作品，甚至知道魯迅的，我夏嘉澍是畜生！我簡直把他們看透了！

他們看四書五經？

屁！這些混帳看過武俠小說，還恬不知恥的自認為是「才子」，妳說，有啥希望！

可是，他們的英文，溜溜的。跟洋人坐在一起，有說有笑的，像鐵哥兒們，你行麼？

夏嘉澍啞口無言了。

阿姣走向前來，偎靠在老伴的胸前，和風細雨地說：「老芋仔，你認命了吧。每月領一萬兩千塊，夠你吃喝，你應該知足了。」

老夏熱淚盈眶，垂下了頭。

七

在夏嘉澍和阿姣初婚的那段歲月，雖然生活艱苦，卻甜蜜無邊。阿姣在丈夫身邊，像一匹溫順的小綿羊，老夏問她啥，她都沒有意見。「隨你」，成了口頭禪。老夏對這個嬌妻，真是百分之九十九的滿意，唯一不滿意是阿姣「叫床」。這也難怪，老夏摟住阿姣，力大無窮猶如武松打虎，使阿姣有招架不住之勢。每逢翻雲覆雨到高潮，他便捂住阿姣的嘴：「妳叫什麼？」阿姣搖頭。她不知道自己曾經呼叫。久了，也便習慣了這充滿誘惑而刺激的聲音。

他倆婚後半年，阿姣毫無動靜，既不噁心，也不嘔吐。她暗自焦躁不安。兩人在一起做愛，如膠似漆，為啥沒有懷孕的跡象？後來，阿姣覺得有時頭暈，心裡有點驚喜。那天早晨喝了豆漿，吃了一個熱包子，阿姣不禁嘔吐起來。老夏有點緊張，以為她得了腸胃炎，想送她去附近診所。

不是腸胃炎啦，你不懂。阿姣搖頭說：我可能有喜了。

真的？

到婦產科醫院檢查過後，大夫喚夏嘉澍進去談話。你太太洪幼姣的化驗結果，沒有懷孕。我請問你，你們家裡是不是給他精神壓力，一定得生兒子？

老夏搖頭。他表示對於有無兒女，都不在乎。他是為了愛情才和阿姣結婚。他問醫生：「她是不是胃腸炎？」

醫生肯定地說，阿姣自己有精神壓力，所以才構成了「假性懷孕症」。如果這樣拖延下去，則會成為憂鬱症。

夏嘉澍將醫生的檢驗結果和診斷意見，告訴了阿姣，勸她打破這種傳統觀念；只要活得健康，對社會人群作出貢獻，便是有意義的人生。

那個艱苦年代，台灣的原住民有賣女兒的習俗，家裡生了七八個女兒，無力撫養，便賣給有錢人做養女。阿姣想抱個嬰兒來養，但是老夏有意見，他說舊書攤生意忙碌，等將來環境比較好時，再抱個孩子也不遲。這樣蹉跎時日，夫婦兩人也便忘記此事。如今兩人皆已白髮皤皤，來不及了。

老夏疼愛阿姣，是「寶島果園」職工眾所周知的事。但是，每到選舉期間，鑼鼓喧天，高呼當選的日子，因為阿姣過份熱心，為候選人撒傳單、貼海報，穿上印有候選人名字、號碼的背心，活像個戲台的跑龍套的，跟著搖旗吶喊，天天深夜才回家。老夏盛了一小碗熱雞湯，讓她喝。阿姣搖手，累得連說話的力氣都沒了，她怎麼喝得下雞湯？

妳想吃啥？

睡覺。

妳今天吃過飯麼？

便當。

老夏發起了脾氣。別人競選民意代表，她自動去做義工、啦啦隊。阿姣既不是黨員，又不是競選團隊的智囊團員，也不知道在熱個什麼勁兒，跟在人家屁股後面猛搖旗、高喊「凍蒜！凍蒜！」半個月下來，眼看瘦成了像隻火雞！你想，老夏能不發火麼？

明天，別去了。請假休息一天，行吧？

阿姣捂嘴偷笑。下月十四投票，還有十七天，正是緊鑼密鼓的時刻，怎能休息？這豈不功虧一簣？

為了助選，吵架、嘔氣。但是得勝者仍是阿姣。阿姣心裡明白，她參加助選是一件好事，她的丈夫干預她去助選，也是為了擔心她的健康。

每次參加助選，阿姣總是跟著國民黨候選人，因為她的丈夫是老芋仔，而且每月還領到一萬兩千元。基於這份關係，阿姣抱著鞠躬盡瘁、死而後已的精神，參加搖旗吶喊行列。其實夏嘉澍的意識，對於妻子的報恩心情，視為愚民。他無法向阿姣解釋，否則一定吵架。

按情理說，夏嘉澍也沒有辦法跟阿姣辯論，阿兵哥退伍，每月領就養金，他應該飲水思源順理成章地投國民黨的票，但是國民黨和他的恩怨情仇，卻是說上十天半月也說不清楚。他若投票，心不甘情不願。他不是白痴傻瓜笨蛋和蠢貨，他是一個有理想有志氣的愛國主義者。他的委屈，天知道，地知道；國民當官僚政客的眼裡，夏嘉澍只是一隻小蟑螂而已。這種複雜而矛盾心情，洪幼姣怎麼懂？怎麼體會？

年輕夫妻老來伴，老夏提起胞兄嘉禾的死，常會流淚。阿姣卻評論嘉禾護糧，被飢民搶糧，應該及時開槍制止。同情飢民是不負責任的表現。至於自殺，也是弱者的行為。阿姣的話讓老夏愈聽愈生氣，他朝阿姣大吼一聲：「妳懂個屁！」

夏嘉禾從中學時代便參加了中共地下黨，為農民翻身和解放事業作出卓越的貢獻。但卻在一九六一年自然災害時期，為了同情飢餓的搶糧的農民，自戕而死。他的死，並不光榮，而且保密。嘉禾死了，讓三十年後的青年企業家拉風去吧！老夏看見那些大陸客，戴著名牌腕錶，穿著名牌皮鞋，港台都有豪宅，兒女留學海外……想一想，英年早逝的夏嘉禾，當了合肥市委書記，卻仍是王老五，單身漢，值麼！

洪幼姣知道自己說錯了話，向老伴和緩地解釋：嘉禾大哥是為了農民不致餓死，才作了犧牲；但是作為一個領導幹部，應該為大局著想，識時務者為俊傑，嘉禾這種做法，上級怎麼會諒解他？

老夏啞口無言了。

有一次聊天，葛弗發表感想，作為二十世紀的中國人，在軍閥混戰中討生活，倒楣。幸虧老共奪取最後的勝利，結束了四億五千萬苦難人民的悲劇。否則，南北混戰的歲月還得繼續拖下去。

你不能將老共也列為軍閥吧。

它不是軍閥，能打敗國民黨八百萬軍隊麼？

夏嘉澍仍舊反對他的觀點，不同意。

「槍桿子出政權」，這句話，誰說的？

毛澤東主席。

葛弗笑了。這豈不是軍閥從鬥爭實踐中獲得的總結麼。

老夏反駁：在歷史上，絕不會這樣寫。

《明史》上也沒有寫明太祖朱元璋，小流氓出身，殺人如麻。葛弗感慨地說，不要埋怨咱們活在二十世紀的中國，倒楣；翻開中國的歷史，四千年來，哪個時代是國泰民安，四海昇平的歲月？

老夏用衣袖拭去眼角的淚，低聲哼起了民歌：

一不埋怨天，

二不埋怨地，

只是奴家命不濟，
生長在這亂世裡。

老夏抬起了頭，朝葛弗凝望。你到過瑞士，如果你把這首民歌唱給瑞士人聽，他們能夠聽懂嗎？

老葛搖頭。據他旅行瑞士時，和不少中青年談起「戰爭」，都感到陌生。近三百年，瑞士從來沒有發生戰爭。但是在中國，近三百年來，內憂外患、民不聊生，近代的中國歷史就是一部戰爭史，人民怎有幸福的生活？

葛弗作過調查，台灣的老芋仔，和清末的旗人生活不同，滿族最野蠻的則是以統治者自居，霸佔漢人的土地，稱作「旗地」。這些土地以遼寧以及北京附近為主。他們可以自由買賣。旗人養尊處優，好吃懶做，玩古董、泡酒館、捧戲子、養鳥雀、賣字畫，直白地說：滿族統治階級的敗類下場。

台灣退休的老芋仔，作過高級官吏或撈到鈔票的，移民美國、加拿大或歐洲等地。他們的外文水平不高，永遠生活在華人圈內，無法深入當地社會，只有混吃、悶睡、等死。

留在台灣的老芋仔，佔百分之八十，他們的生活是打麻將、喝酒、餐敘。麻將可以上癮，像吃鴉片，一日不摸牌，內心空虛寂寞。有的每天最少摸八圈才行。喝酒，金門、馬祖駐防帶來的文化。至於餐敘，屬於中上層退休人員，每月定期在餐館聚會，輪流請客。談的也是當年軼事，最近時局，語言無味，面目可憎，大抵跟一百年前的旗人差不多。餐敘的目的，當有解饞的機會，因為年紀日長，齒牙動搖，雞鴨烤肉嚼不動了，只有闔上眼睛反攻大陸吧！

葛弗的分析客觀而公正，他認為台灣老芋仔比旗人狡猾，因為旗人白吃白喝，尚有自卑心理；而台灣少數老芋仔，拿著優惠存款，往來於美加和台北之間，既享受既得利益，又有外國公民的榮銜。尤其是官僚政客，更是吃香的、喝辣的，說不定還會撈個部會首長，風光一番。

不過，極大多數的老芋仔，卻在風雨中掙扎，浪濤中飄蕩，他們成了台灣次等公民，投票部隊。姥姥不疼，舅舅不愛，只有混吃悶睡等死。到了二〇三〇年，台灣便消失了老芋仔了！即使有，也寥寥可數。

葛弗愛講笑話，新鮮有趣。他說有一群老芋仔去見毛澤東，毛出來，嚇一跳，哪兒來的這一些臭要飯的？仔細看帽徽，才明白這都是一九四九年被他打敗的國民黨軍官兵。

到了陰曹地府，你們生活還好吧？

毛統帥依然有傲視群雄的氣勢，兩手掐腰，操著濃重的湘潭方言，有點娘娘腔：

「你們應該去看看蔣介石。他近來老是牙疼。」

一群老芋仔推來擠去，爭睹風采，頻頻點頭。

毛舵手伸出雙手，向前伸，像划水。他說：「我早說過，除了黨的領導之外，十三億的鬼是一個決定的因素。鬼多議論多，熱氣高，幹勁大。」

突然，鬼群中有個冒失鬼，舉手，想發言。

你作什麼？

我是詩鬼。

寫過啥詩？

傳統詩。

毛統帥微笑，幽默地說：「如果你在台灣寫讓人看不懂的現代詩，最好躲到樹底下乘涼去。」

詩鬼很有勇氣，態度從容，不卑不亢。他批評毛澤東的一首詩，「宜將剩勇追窮寇，不可沽名學霸王」，詩鬼問作者：「我問你，你指的窮寇是誰？」

「你說是誰？」毛主席點了一枝菸，吸了一口。

詩鬼胸有成竹地說，寇者，盜匪作亂，或是外來侵略的敵人。窮寇者，勢窮力竭的敵人。「窮寇」二字，詩鬼在陽間思索了大半輩子，始終想不通「窮寇」是誰？

毛統帥哈哈大笑。你……你們這些老芋仔，都是窮寇；率領你們逃到台灣的，就是「運輸大隊長」蔣介石，他是窮寇之首。

毛先生，你把自己的革命同志，看成寇，未免太過份了吧？

我是無產階級革命家，怎麼跟國民黨混作一團，胡鬧，荒唐！

詩鬼指出：一九二四年在廣州的時候，蔣介石是陸軍官校校長，毛澤東是中央宣傳部代部長，兩人都是中國國民黨黨員，都接受孫中山的領導；既然曾在一起鬧革命，打軍閥，為啥把自己同志視為窮寇，這種翻臉不認人作風，在歷史上難以立足吧。

「歷史？」毛主席不屑地發出一聲冷笑：「你們跟我談歷史，蜉蝣撼大樹，可笑不自量。哈……」轉身走進了游泳池。

葛弗的這段笑話，老夏聽了嘿嘿直笑。但等他乾杯之後，他哭了。

你怎麼啦？阿姣不解地問。

沒什麼，老夏喝多了。

葛弗向老夏解說，作為二十世紀的中國人，看到了戰爭帶來的災難，以及知識分子的優美品質、醜惡面貌，應該是非常幸運。因為咱們可以獲得教育和啟發。老夏聽了葛弗的勸告，果然冷靜下來，說：「葛弗，你是作家，把現實生活寫出來，反映出來，留給後代人知道。」

夏嘉澍愛聽葛弗說笑話，他像魯迅，說了笑話，大家笑，他自己不笑。最難得的則是每一個笑話，都有主題，包含了深遠的意義。

葛弗為了讓老友不難過，特別講了一個山東笑話。張宗昌做了主席，他爹從鄉下到濟南府去看他。張大帥叫副官把老太爺安頓在旅館。翌晨，張宗昌帶了隨扈馬弁，到旅館向老爸請安。老頭子臉色蒼白，正坐在床前嘔氣。

您咋啦，爹？

張老頭兒笑了笑，揮揮手：「沒事兒。」

原來旅館的蚊帳，圓頂白色。他們鄉間的蚊帳，長方形淺綠色。老頭子用不習慣，噘嘴說：「他娘那個屄，昨兒一夜沒睡，害我站了一夜！」

半晌，老夏夫婦會意過來，哧地笑了，把鼻涕也噴了出來。

葛弗每隔十天半月，總會來「寶島果園」做客。他是老夏的知己、文友，無話不談。夏家老倆口子之間的思想分歧和矛盾問題，葛弗非常清楚。他原想讓它自然發展，拖延下去，但是卻看出它終會有山洪暴發的一天！

台灣的宗教力量，在二十世紀末已到巔峰狀態。有人作過統計，台灣的廟宇，全球已列前茅。宗教可以教化人心，淨化心靈，使資本主義社會安定下來。但是，許多信眾為了祈求健康平安，盲目地捐獻，也構成社會的混亂，因為它瓦解了人們的奮鬥意志，相信只仰靠佛陀便能打發日子。最讓人不解的，大多數年紀稍長的，心甘情願將辛苦大半輩子賺來的錢，捐給宗教團體。

洪幼姣愛丈夫，純潔、慈善，她幾乎每月都向廟方捐獻，不管什麼大廟小廟，不問供奉的什麼神，甚至廖添丁、李師科，她也閉著眼去捐香油錢，十萬八萬毫不手軟，只求菩薩保佑老夏平安。老夏起初茫然不曉，可是紙包不住火，大批鈔票莫名其妙的蒸發，使他疑惑起來。等他瞭解真相以後，卻有口難言。他對葛弗激動地說：「咋辦？我若跟她吵架，她豈不心碎？不吵，照這樣捐下去，換我心碎！」

葛弗勸他稍安勿躁，找到機會，他會勸阿姣，也許會改善。但是，日復一日，歲月蹉跎，葛弗始終找不到適當的時機和阿姣談話。

有一天，葛弗刻意帶了幾本佛家經典書籍，送給阿姣，囑她有空時可以閱讀。阿姣雙手合掌，感激不已。葛弗趁機向她談起「心誠則靈」的普遍真理。作為一個佛教徒，只做形式上的唸經、祈禱、捐獻是不行的，必須心誠。葛弗批評目前有不少信眾，對於捐獻非常熱心，這是走歧路，因為捐出的錢，不一定流向何處，這對佛陀是不恭敬的。

洪幼姣凝聽他的談話，面孔忽紅忽白，兩隻眼睛不停地眨巴。這個純真無邪的婦女，感到慚愧不安。葛弗的勸告，果然在阿姣心中發生效果。老夏發出會心的微笑。他見了葛弗，心照不宣，從此再也不提此事。

二十世紀末，大陸改革開放以來，形成一片混亂的局面。作為政治領導人，發言宜慎重，不要亂開黃腔，像台北的政客，自我宣傳少時愛讀武俠小說，「文史基礎穩固」，令人噴飯。江澤民是在一次全國性領導會議上，表彰上海有一名「大散文作家」余秋雨，說他的作品皆通過調查研究寫成。其實余某的知識貧乏，作品淺薄，他愛跟人抬槓，死不認輸。最惹人爭議的，余秋雨說「致仕」是升官，犯了望文生義的錯誤。別人反駁，他還不承認錯誤，實在幼稚可笑。

葛弗說，「致仕」是退休，不是升官。老夏去查《辭海》、《公羊傳‧宣公之年》記述：「退而致仕」。何休註：「致仕，還祿位於君。」想不到「文革」時期，張春橋、姚文元找了余秋雨這樣的文化混混，進入「石一歌」寫作班子，最後遭致失敗，豈不是天意？

凡是從事文化藝術的人，最好別跟官僚政客接近。因為他們污穢之手，充滿了各種細菌，倒楣的是自己。葛弗寧肯寂寞而死，也不願意向官僚政客討碗飯吃。他的宏觀遠大的眼光，海峽兩岸的華人是沒有希望的。

對於葛弗的這種悲觀看法，老夏不以為然。他認為樂觀活下去，就是幸福。特別是台灣從上世紀八十年代解除戒嚴以後，知識分子獲得空前的民主自由，無論閱讀書報或寫作評論都不受任何干涉，這種政治環境是空前的，知識分子應該珍惜它，否則犯了「人在福中不知福」的錯誤。

在民主自由的社會，群眾示威抗議遊行事件偏多，這不是怪事，是客觀現象。老夏是「寶島果園」董事長，他卻不愛吃水果，愛吃煮花生；討厭電視上的偶像劇，迷戀傳統的京劇，他的癖好，只有葛弗和老伴知道。

夏嘉澍珍藏的程硯秋的唱片，最為豐富。如《鴛鴦塚》、《荒山淚》、《青霜劍》、《金鎖記》，以及改編新版的《竇娥冤》等，他家都有。老夏談起程派青衣的特點，創造出一種婉轉幽咽的唱腔，形成「程派」的藝術風格。在夏嘉澍的心目中，「四大名旦」的藝術成就，程硯秋的地位比梅蘭芳還高。

過去，老夏確曾有創作現代京劇的決心，將這種藝術編出寫實主義的題材，在電視螢光幕或舞台上演出，讓廣大觀眾獲得娛樂與啟發。但是，夏嘉澍起步稍晚，始終不能實現。同時，大陸的革命樣板戲，也對他產生阻撓和障礙。江青倡導的《沙家濱》、《智取威虎山》和《紅燈記》確實不錯，只是政治宣傳過份濃重，但是夏嘉澍若寫出比較夠水準的京劇作品，沒有人協助，單槍匹馬，確非易事。

儘管夏嘉澍陶醉在文藝的領域，但是在縣內的民眾，卻把他視為頗具聲望的企業家。「寶島果園」，是全縣最夯的旅遊景點。這兒出產的水果，無論從品質、產量以及價格，都有廣大群眾的高度評價。

每次民意代表選舉，總有各行各業的著名人物，躍躍欲試，並且川流不息到此拜票。直白地說，「寶島果園」擁有不少職工的票源，只要夏嘉澍點頭，給予支持，那個人不高票當選也很難。

於是，縣裡不少知名人士，時常向夏嘉澍提出建議，以「寶島果園」的人力資源，以及經營現況，何不推薦出一個合適人選，這樣不僅對「寶島果園」有益，而且更有助於全縣的農副業的貿易發展。

老夏找葛弗商議此事，他贊成。不過，他勸老夏要慎重地推出人選，而且不能影響公司的經營業務。夏嘉澍對每個職工都瞭若指掌，他思慮了數晝夜，通過談話，最後才宣佈人事調整方案：

董事長　林祥海

總經理　李　寶

喬師傅的能力強、人緣好，有口皆碑；但是他作董事長，行麼？再加上李寶作總經理，這座「寶島果園」完全控制在他夫婦手上，行麼？

這個疑問，沒人說出來，卻深埋在「寶島果園」的職工心坎裡。

任勛、巫善玲夫婦，離職。夏嘉澍熱烈設宴為他們餞行。並向全體職工發表了熱情洋溢的演說，讚美任董事長為「寶島果園」的偉大貢獻，功不可沒。老夏向同事們表示，任勛雖然離開了「寶島果園」，卻永遠是「寶島果園」的領導份子，這種不合邏輯的話，讓人百思莫解。

不久，縣議員選舉來臨，任勛的海報貼在縣城大街小巷，才揭開了謎團。任勛參加競選，水到渠成，僅是「寶島果園」的職工和顧客，他就會高票當選。結果，任勛不僅進了縣議會，而且以無黨籍身分被推選為縣副議長。他的學識、管理經驗以及行政能力，實在無人倫比。好人出頭帶來了縣民的幸福。

最使人感到驚異的，林祥海接任董事長，處處以身作則，為人表率，不出風頭，節制應酬，在短暫的時間已有了顯著的成績。「寶島果園」職工佩服夏董有眼光、有魄力，用人唯才。每個人都兢兢業業，認真工作，為公司做出貢獻。

當初，巫善玲並不想和任勛一起走，他捨不得離開「寶島果園」這個優美的環境，人情味濃、團結力強；但是夏董勸她照顧任勛，做了議員，應酬多，交際廣，巫善玲在丈夫身邊服務，對任勛有莫大的幫助。如今，巫善玲才知道夏嘉澍真是深謀遠慮、用心良苦。

任勛在參選縣議員後，夏董對他苦口婆心，諄諄教誨，他原是不願任勛去蹚渾水，為了縣民幸福，任勛應以「我不入地獄，誰入地獄」的精神，去作民意代表。夏董叮囑對於惡勢力應虛與應付，絕不妥協；對外的應酬要有分寸，適可而止。他警告任勛，作了民意代表，千萬不能留下污點，一不接近女色，二不貪財，否則身敗名裂，走向末路。夏董安排巫善玲在丈夫身邊工作，即是負有監督的任務。

林祥海作了董事長，彷彿脫胎換骨，變了一個人。他把全副的精力，放在業務上。對外聯絡，儘量避免出頭露面，以免引起別人的反感。人和人之間的交往，像人面對鏡子，你笑，對方也笑；過去林彪的話很對，喬師傅的臉醜，但是他的心卻鮮紅、善良。林祥海在商場上，很快地建立起普遍的信用，因此「寶島果園」的生意欣欣向榮，比過去更加繁榮起來。

有些「寶島果園」的職工，感到茫然不解，既然夏董對任勛那麼信任、提攜，為啥放他離開公司去作民意代表？任勛作了縣議員，跟「寶島果園」有何關係？乍想起來，有些道理。殊不知任勛是農業本科系出身，他在農業縣作民意代表，可以發揮他的專長和抱負，在短暫的兩年之內，全縣的農業副產品，隨「寶島果園」的種植、推銷經驗，發生天翻地覆的變化。縣民普遍提高生活水平，富裕起來。「寶島果園」也跟著水漲船高，獲得了繁榮。

種植水果的農家，最擔心的是收穫時期遇到颱風過境，那會帶來無窮的災害。林祥海運氣好，上台之後，平安無事，不料那天巫善玲來見夏董，確使夏董大吃一驚，議會這麼忙，她來做什麼？不妙。

巫善玲是公司最優秀的會計師，她見了夏董，只央求一件事，回公司工作。啥原因？任勛在這混濁污染的現實社會工作，應酬多，受不了誘惑，他瞞著善玲在外劈腿，討了小三，而且金屋藏嬌。「弱者，你的名字是女人」——莎士比亞早已作了結論。她最後決心帶著兒子回「寶島果園」工作。夏嘉澍可無法推卸責任了！

好吧。當副總經理，跟李寶一起工作。

夏董打發走巫善玲曾思考很久，當初老夏就是怕任勛拈花惹草，才忍痛讓他夫婦一起離開「寶島果園」，想不到這種事還是發生了，這豈不是拆散了他的幸福家庭？

夏嘉澍勸她按兵不動，暫時回家，採取和平共處方式，共同生活。他會從中予以處理。巫善玲走後，老夏作了調查研究，他以「不入虎穴，焉得虎子」的決心，直撲任勛劈腿的巢穴。最妙的，那個女人正巧在家。

老夏帶了一簍高檔水果，站在門前。

「先生，您找誰？」

老夏遞上名片，說出對方的名字，然後自報姓名，說是「寶島果園」榮譽董事長。對方是知識分子，還算客氣有禮。老夏瀟灑地走進客廳。原來這個大學副教授苗坤英，過去是任勛同班同學，兩人畢業後勞燕分飛。苗坤英的丈夫，西進大陸經營電子工廠，包了二奶，因此離婚。她跟任勛是在寂寞中重燃愛火，發生了畸戀。

夏董的來意，我當然明白。不過，請放心，我絕不會破壞任副議長的幸福家庭。我們只是同學、朋友……

目前「寶島果園」生意忙，缺少管理人才，我想把任勛兩人請回來，但是市議會方面不同意，經過我們三方面的磋商，最後決定聘請苗教授幫忙。您是專家，在學校退休之前，暫時兼任敝公司「執行副總經理」之職，盼望苗教授不吝支援。

苗教授端起杯子，啜了一口咖啡，她微笑問：「這是誰的推薦？」

任副議長。

既然任勛推薦，他應該陪同夏老一起來吧。

任副議長前天去日本考察，您不知道?

苗坤英恍然大悟，終於露出笑容。她自謙畢業以後，一直跟農科青少年在一起，沒有領導管理經驗。這件事容她考慮幾天，再作決定。

在作客中，夏嘉澍讚揚苗教授桃李滿天下，縣議會林議長的兒子，也是她的學生。林議長還託他向苗教授問候。這件事夏嘉澍辦得瀟灑、漂亮，不露聲色。苗坤英不久離開縣城，出國深造去了。於是，結束了這段戀情。

這是一個祕密，任勛始終弄不明白，苗坤英何以離開他而去？卻又難以啟齒問個明白。直到有一次在餐敘中喝酒，任勛對夏董發牢騷：「女人心，海底針，即使相處多年，男人也摸不透女人的思想和感情。」

夏嘉澍乾了杯中殘酒，向對方說，如果覺得當民意代表過份忙碌，影響身心健康，還是回「寶島果園」吧。開發農副產業，才是對縣民做出了貢獻。

您不是開玩笑吧？

若是回來，你夫婦二人一起回來。實話告訴你，開展水果市場，前途無量！

任勛眨巴著眼，點頭。「夏董，讓我考慮一下。作了民意代表，不但身體搞壞了，心靈也蒙受了污染，我曾經想過，還是在果園做生意單純、寧靜。」

戒菸難，棄政從商更難。當過縣議員的任勛才瞭解這個滋味。走到街上，街坊鄰居都爭先跟他打招呼，議員長、議員短的。民意代表比歌星、電影明星，甚至部會首長還拉風。因為民意代表可以為民喉舌、解決群眾的生活問題。

那天回家，任勛向巫善玲談起回「寶島果園」的事。他打算放棄競選下屆縣議員，過幾年清靜日子。善玲苦笑，提起幾件重大的事情尚未解決：尤其是縣眉埔市場遷移案。任勛投入了不少心血，為了發展縣觀光資源，吸引海內外旅客，同時改善了將近五百家小吃攤販，若是放棄下屆議會選舉，豈不功虧一簣、半途而廢？將來怎樣面對全縣的鄉親父老？

過去，任勛考察日本夜市場，記清了人家販賣品供銷、管理以及廚師技術問題。他規劃的眉埔夜市場，交通便捷，環境優美，鄰近十幾座豪華旅館。它可以吸引每月一萬以上的客人。在東京進行考察，一位水果業商曾向任勛說：「任桑，給我留一間攤位，我來推銷日本水梨和蘋果。」任勛實話實說，他就是水果商出身，若在夜市場給他留下攤位，怎麼對得住夏嘉澍董事長？

對不起，我大哥就是靠賣水果維生。中村老闆，這個攤位是他預先訂下的。

そうですか。日本商人無言以對。

夏嘉澍和葛弗商量，有關安排任勛回公司的事。葛弗並不同意。任勛在縣內已有了民意基礎，這不是容易的事，民意代表深入民間，為民服務，他的職責和作家一樣。魯迅所說的「橫眉冷對千夫指，俯首甘為孺子牛」的詩句，「寶島果園」做不到，但是縣議員卻可以做到，既然任勛的外遇問題已經排除，為何讓他再回來？這種做法，等於搬起石頭砸自己的腳。

這年蘋果大豐收，果實纍纍，肉質鮮甜，才要收成，卻被竊賊偷了一半。林祥海氣得火冒三丈，從家裡牽出那隻老黃牛，夜晚上山，解開籠頭，讓牠任意山上啃食，他卻悄悄返回。這隻老黃牛性情壞，欺侮生客，林家曾建議廉價出售，賣給牛肉販算了。只是喬師傅堅決反對。老黃牛今年十九歲，真已「老」了。牛的壽命為二十多歲是自然死亡年紀。這隻老牛已經十九歲，相當於一位年已九十六歲的老人，風燭殘年，靠輪椅代步。牠的修養極差，來林厝村八年，跟牠打過架的牛隻少說也有七十隻！林厝村的牛怕牠，林厝村的小孩怕牠，連林厝村的壯年漢子也怕牠。喬師傅派牠去山上看守果園，真是用牛得當，獨具慧眼。

夏董起初並不相信，牛能看管果園？別逗啦。說也奇怪，自從老黃牛上了山，果然奏效。原來這隻黃牛來到林厝村，村中大人小孩，沒人喜歡牠；小孩見牠吐口水，大人見牠扭頭走，只有面貌不甚好看的林祥海，從來沒打過牠，而且跟牠互動良好。阿海白天上班，牠被關在牛欄，見了人似敵人，因此日久天長，人間除了林祥海，都是老黃牛的敵人，偷摘蘋果的人更不例外了。

竊賊見了老黃牛，拔腿就跑。牛在後面追，追上，頂到嫌犯的屁股開花，犯人只得捂著屁股趕緊逃回家。地老天荒，再也不敢來偷摘水果了。

夏董聽了這隻老黃牛的英雄事蹟，深為感動。他派人在工寮蓋一座牛棚，供牠休息，每週供應新鮮水草，並清除糞便，保持衛生。牠住在山上，煥發青春氣息。依照養牛人的觀點，這隻老黃牛將會延年益壽，牠最少還可以再活八年。林祥海討厭聽這些話，在他心目中，這些養牛人胡扯八道。

林祥海和老黃牛有感情，每隔十天半月，他總是上山過夜。起初李寶捂嘴偷笑，思前想後，她不禁心中蒙上了陰影：這傢伙性慾強，也許瞞著她做出劈腿的事。於是，趁著一個月明之夜，李寶隻身摸上了山腰，老遠，她發現那隻老黃牛，站在工寮前，像一名衛士，看守著牠熟睡的主人。牛認識她，搖晃一下腦袋，似乎說：「妳來做啥，他睡得很香。」李寶的眼淚奪眶而出。

後來，李寶把這件祕事告訴丈夫，為了讓老黃牛安度晚年，別再打擾牠的睡眠時間，從此每隔兩月，統一發票開獎日，亦即二十五日，林祥海才上山陪牠睡覺。

林祥海安排老黃牛在山上住，為的是嚇阻那些偷摘成熟水果的竊賊，老黃牛上了山，果然有效。但是，為了不徒費唇舌，省麻煩，索性讓老黃牛待在山上，自然死亡。村裡的農家都熟悉阿海的牛老了，如不宰殺，牠的肉質便不好吃，賣不出去了。縣裡眉埔夜市場開幕，擠進去幾十家牛肉麵攤販，林火泉是最早進駐的。

那天，林火泉來找阿海，問起老黃牛的下落。阿海是正直人，不敢說謊，便問：「你問牠是啥意思？」

阿海哥，你那隻老黃牛，快二十五歲了吧？

阿海聽了咯咯直笑。

你別笑，再不宰掉，肉不能吃了。

阿海最怕聽這句話，聽了像刀子割他心肝一樣。

台灣人，永遠鬧窮，其實並不窮。阿泉說，台北有家牛肉麵館，一碗麵，一萬塊……

多少？

新台幣一萬元。「講白賊，我出去被雷公打。」火泉說店家用的是日本牛肉，七歲左右，鮮嫩可口，燉湯火候夠，聽說不少企業家去吃牛肉麵。林火泉在夜市場賣的牛肉麵，一碗五十元，生意不錯。他以小學同班同學的交情，來買阿海的老黃牛。

他倆是班上最笨、最醜的學生，林火泉瘦得像一隻火雞，唸起ㄅㄆㄇㄈ像在讀日文，時常溜出福佬話，每次被林祥海聽到，從不檢舉，否則林火泉不知要被罰多少次哩。因此，火泉對祥海具有歷史的感情。

祥海思索半天，悄悄對他說：這頭牛，跟我有感情。像你我的感情一樣。阿泉，等你老了，要我把你殺掉，我下得了手麼？

火泉目瞪口呆。

這樣吧，林祥海說：「我送你八萬元。」

林火泉扭頭就走。捂嘴偷笑。心想：「這麼固執的人，夏董怎會推薦他當董事長？」祥海追到門口，林火泉已經開車走遠了。

縣眉埔夜市場開幕，人山人海，攤販林立，成了近年來縣內大事。尤其晚間華燈初上，若想在小吃部門找朋友，那比託人租個攤位還要困難。

林火泉賭氣走了，將近半月，祥海在「寶島果園」公司忙得團團轉。他愈是抽不出時間去看，心裡愈是嘀咕，從小一起放牛長大的窮孩子，若是林火泉不再理他了，他是多麼的痛苦。捫心而論，祥海確實捨不得將老黃牛賣給他。犁田、運柴、載水果，到了自然生命將要結束，還得接受燙水、剝皮、剮肉的罪。林祥海多麼心疼！連他妻子李寶也捨不得。

今兒晚上天冷，寒流來襲，正是林祥海掩飾醜臉的時機，戴上口罩，他在小吃部門挨攤地找。皇天不負苦心人，他發現火泉嫂在燈下煮麵，火泉正切滷牛肉，一排桌子擠了十幾位食客，生意還真不賴。

火泉無意間抬頭看見了他，熱情款待，「來來來，請坐。吃啥？」

「大碗牛肉麵，清燉；切點小菜，兩罐啤酒。」

「坐，阿海哥，你嚐嚐我的牛肉麵，夜市場找不著第二家。」

旁邊那些吃麵的客人，笑了。

「先別吹，等我吃了再說。」

林祥海吃了兩口麵，喝湯。阿泉嫂不時抬頭瞅望，想聽聽阿海的批評：「好呷麼？」

「嗯……湯燉得不錯。牛肉火候不夠，還行。依我的評審水準，七十八分。」

四周的人哄堂大笑。

林祥海這位「寶島果園」的領導人，飯量大，吃得快，他向阿泉結帳。阿泉擋他走。兩人情同兄弟，怎敢收他的麵錢。阿海也不爭執，問：「牛肉麵多少錢？」阿泉告訴他：「大碗八十、中碗五十、小碗三十五。」

阿海思索一下，自言自語：對待鄉親，不算公道；賣給外來觀光客，賺不著錢。

阿泉告訴他，夜市場的幾十家麵攤，都有默契，不能隨意調整價格，以免引起市場的混亂、顧客的反感。近來顧客增多是因為從香港和大陸來了觀光客。

大陸人的口味重，總覺得牛肉麵太淡，愛加醬油，還加辣椒，另外要吃大蒜，有人一碗麵吃掉七、八顆蒜，尤其是山東來的。

「夏董就是山東人。」

有一位山東的遊客，是一個解放軍退休醫生，他對咱台灣的印象挺好，還送給我一張名片，教我去大陸觀光，他陪我去逛泰山、曲阜、微山湖。阿泉說著說著從抽屜裡取出那張名片，遞給了阿海。阿海如獲至寶，他向阿泉借一下，讓夏董看，是否認識這一個山東老鄉？林火泉哈哈大笑起來。

八

林祥海上山夜宿，陪伴老黃牛，是一件苦差事。坐在工寮辦公桌前看帳目，不時抬頭向外瞅一眼，那隻老黃牛老老實實站在那裡。偶而腹部抖動一下，那是血管流通受到阻塞，天冷，牛和老人一樣，心肌梗塞會致命的。

每隔兩月，即單月的二十五號，統一發票開獎的日子，阿海董事長一定上山，陪伴老黃牛。老黃牛大概心裡有數，先把台階枝葉撥乾淨，然後等候牠的主人到來。阿海摸著牠的鼻樑，憐惜地說：「你得保重啊。想吃啥，吃啥。牛是鐵，草是鋼，滿山遍野的鮮草綠葉夠你吃一輩子都吃不完。」

老黃牛彷彿聽懂主人的話，頭在晃動。

林祥海心裡明白，年底，牠已整三十歲，這已是牛的自然生命的極限了！他挺難受，在這荒僻的台灣海域，他上哪兒去尋找徐福那樣的方士，聞聽海上有蓬萊、方丈、蘆洲三座神山，覓來童男童女千人，乘樓船入海。可以尋到長壽不老之藥……但是，歷史是失敗的下場。他又如何拯救心愛的老黃牛瀕臨死亡的生命？

風呼呼吹。阿海站起來，瞅了老牛一眼，牛依然巍然不動。
轉回身子，拿起電話，他哭起來。
李寶沒法解決，她讓丈夫將此事轉知夏董處理。
夏嘉澍也為這件事苦惱，最後他提起了筆，寫了一個條幅，裱褙過後，託阿海送給了任勛：

任勛議員雅正
橫眉冷對千夫指
俯首甘為孺子牛
魯迅先生詩句　夏嘉澍書

這個條幅掛在任勛議員的客廳，每天，那些來此洽事或造訪的客人，看了魯迅的詩句，頗受啟發。這不僅是為人群服務的道德準則，也是做人做事的高尚情操。日久天長，耳濡目染，它確實發揮了薰陶作用。
老黃牛的末日即將到來，林祥海索性每個週末，都去工寮住宿。但卻不准老牛在夜間站崗，否則阿海感到不安。等他跟老友溝通之後，老牛才肯回牛棚休息。冬去春來，眼看老黃牛已衰老不堪，食慾不振，林祥海索性搬上山來住。同時，派人挖掘墓地，準備牠的後事。

這段使他悲哀的日子，給予夏嘉澍很多新的觀點。他認為老牛雖不會說話，但卻瞭解阿海疼愛牠，捨不得離開牠；這種肝膽相照的感情，竟然發生在人與牛的身上。他很納悶：人和牛之間，能夠如此關愛，為何人與人之間卻存在著難以化解的嫉妒、隔膜、仇視呢？

夏董囑咐阿海，在老黃牛自然死亡前，暫時放下行政事務，陪伴牠的身旁，因為牠是非常痛苦的。牛是哺乳動物，牠的機體生命活動和新陳代謝的終止，和高等動物一樣。死亡過程經歷臨床死亡、生物學死亡兩個階段。臨床死亡，心跳呼吸停止，反射完全消失，但機體仍然具有微弱的代謝過程。這短暫的剎那，最好能夠陪伴在牛的身邊，給牠安慰。

通過這短暫階段，首先大腦皮層、接著整個中樞神經系統發生不可逆的變化，各個器官和組織功能相繼解體。生物學死亡的外表徵象是軀體逐漸變冷，發生屍僵、形成屍斑……

夏董說到這裡，林祥海哭了！

「你不要哭，應該面對現實。哭是懦弱的表現。」

夏董安慰這位憨直的人，他覺得老黃牛的自然死亡，在人間稱作「善終」，牠是幸福的，應該值得高興。因為老黃牛基本上沒什麼病痛，又有這麼疼愛牠的主人，陪著牠安安穩穩的走完「牛生」的最後一程。

林祥海聽了很有道理，內心逐漸舒坦下來。他肩負著「寶島果園」的領導擔子，應該暫時忘記這些身邊瑣事，為開創果園的事業著想。他和妻子達成協議，等老黃牛過了「七七」，做完祭祀，他便搬回家來睡覺。李寶瞭解丈夫是直腸子，便應允此事。

那夜，阿海睡意朦朧，聽得老黃牛的叫聲。驚醒，披衣坐起來。他發現老黃牛站在門前淋雨，並沒有死。這不是做夢麼？正遲疑間，一團煙霧遮掩了他的眼睛，果然是一場夢。

家裡曾經計劃把這隻老黃牛賣出去，因為當時家境困難。阿海尚在海軍爆破隊服兵役，他每次回家度假，總會帶牠到山坡吃草，吃飽喝足，牠便用鼻孔拱阿海，伸舌頭舔阿海的手，嘴裡發出令人聽不懂的咕噥聲。像在對阿海告狀，林厝村的牛，哪隻踢了牠，搶牠的糧草，或是對牠進行性侵犯；只要阿海回家度假，這隻牛就青春煥發，高興快樂。

那晚，父親跟兒子談家務事。這兩年農產歉收，他身患糖尿病、高血壓和心臟病。換一輛牛車都手頭拮据。父親想趁黃牛正值壯碩之年，可以賣出一筆好價錢……林祥海當即頂撞老爸：「您賣了牠，我不回家！只要我服完兵役，就能把這個家撐起來，我有的是力氣！我同事都叫我喬路易！」

這個人是北部的吧？

黑鬼子，拳王，誰也打不過他。

這種人你離他遠一點，愛打架，早晚出事兒。

喬路易有一個缺點，這個缺點改不掉。爸，放心，我沒有這個缺點。

啥缺點？

吃牛排。黑鬼子不吃牛肉，就不敢上擂台，參加拳賽。

他父親對於外面的事不感興趣，只是盼望阿海早日服完兵役，平安回來，找一個適當的對象，成家立業，他也了卻最大的心願。但是，林祥海在服役期間，接到堂兄林彪的通知，阿海老爸竟因心肌梗塞病逝，阿海的夢碎了！

阿海退伍還鄉，那隻黃牛總是跟在他身邊，彷彿安慰小主人的心。到了這時，阿海才悟出「人為萬物之靈」，並不太正確，他覺得黃牛也有「靈」。從此，阿海把牛看作兄弟。黃牛似乎也有感應。牠的心情開朗，快活，牠知道林家是牠的家，牠絕不會被出賣了。

勞動力少，每天啃鮮嫩草，飲山泉水，黃牛的體質愈加年輕健壯，林厝村的養牛戶看得眼紅，託人情，提高價，想方設法把黃牛搞到手。阿海是爽快人，聽了心煩意亂，最後放出一句話：「黃牛是我的兄弟，想拉走牠，不那麼容易，除非你們宰了我！」

嘴巴硬，不出賣黃牛，但是失業在家，吃米飯，蕃薯絲，年近三十，尚未娶妻。村裡的適齡少女，見了喬路易，不，見了林祥海，像見了《水滸傳》的黑旋風李逵，嚇得腿肚子轉筋。若是作了他的老婆，半夜扭亮了燈，發現一個體壯如牛的黑鬼子躺在身邊，那豈不活活嚇死！

阿海的駕駛技術高，開貨車、砂石車，眼明手快，他連續評為「模範勞工」、「駕駛高手」，但是林祥海打零工、做臨時工，生活始終沒有保障。夏嘉澍慧眼識英雄，竟破例提升阿海作了「董事長」。老夏自己成了「榮譽董事長」。

最幸福的，李寶離了婚，性慾強，找不到理想對象。阿海卻有此專長，兩人一拍即合，成為幸福伴侶，這是多麼值得歌頌的人間情緣！

做了黃牛「七七」祭祀，阿海才回家睡覺。但是仍有無限地留戀和痛苦，讓李寶既嫉妒，又吃醋，若不是老黃牛已經離開人間，她一定跟丈夫辦理離婚。

說歸說，做歸做，阿寶依然對丈夫百依百順，從老黃牛走後，家裡不再吃牛肉，談話忌諱提到「牛」字。甚至逛縣眉浦夜市場，也儘量避開牛肉麵攤。可巧近年來，各地牛肉麵館林立，價格愈高，生意愈旺，這怎不是「台灣錢，淹腳目」的具體現象？

每次林祥海帶老婆逛夜市場，買的都是高檔台灣產品。吃的滷肉飯、魚翅羹，最奢侈的添一盤鹹水鴨。於是，對阿海的牢騷與評語，從四方傳播開來：

當了董事長，倒小氣起來啦。

開著賓士車逛夜市，好跩喲。

這個黑蛋阿海，他老婆把他看成寶貝疙瘩，到底他有啥優點？功夫好。

笑聲，哄然四起。

那邊，賣烙餅的老芋仔，操著濃重的河南話，向大家轉告一個祕聞：「俺聽說這個林董事長，過去在日本日死過一個日本娘兒們。」

真的，假的？

「真的。」

你聽誰說的？

「三年前，林祥海買餅，他親口告訴俺的。俺要掰瞎話，不出三天，跟著他家那隻老黃牛，向閻王爺報到。」

於是，夜市場攤販有關阿海的評論，竟然作了翻天覆地的變化。人不可貌相，海水不可斗量。阿海作了「寶島果園」董事長，確實證明夏嘉澍用人得當。有人說，若是縣長換了夏嘉澍來做，這個縣政一定奪得台灣第一。

不久，賣烙餅的河南老芋仔作了更正：阿海日死的那個女人，不在日本，在沖繩；女人是日本籍，是個妓女。妓女被送到那霸醫院，判定心肌梗塞致命。老芋仔說：「活該！」

老芋仔的烙餅，生意清淡，並不引人興趣。入晚，他賣出十張烙餅，便開始收攤，打烊。然而老芋仔談的林祥海日死日本妓女的祕聞，確實讓人愛聽，心動。不過，攤販女人雖然愛聽，最多私底下嘀咕此事，但卻避開了男人們。

老吳在夜市場賣烙餅，他的主顧有作家、局長和企業家。夏嘉澍每隔數日便派職工來買烙餅解饞，不過由於保密起見，兩人迄今未曾謀面。

有關喬師傅在沖繩和日本妓女做愛，過份激烈，引起心肌梗塞致死的緋聞，傳來傳去，最後傳到李寶的耳中。起初她笑，因為兩人婚後，從未分離過。阿海去沖繩旅遊，那是過去夏董犒勞阿海的往事，事隔數年，卻傳出如此荒唐的笑話。李寶擔心丈夫出了名，夜市場的浪女人會勾搭他，所以心神不寧，坐立難安。

那天，生意特忙，夏董想吃烙餅，臨時派李寶開車子去買。阿寶買了一塊烙餅，正想回家，卻想起阿海在沖繩搞死日妓的傳言。她和藹地想將此事從吳伯伯嘴中挖出來，不料老吳卻輕描淡寫地說：「那是臭男人編造的謠言啦，林太太，咱別信這些話。不是俺誇獎妳先生，他是咱縣裡很難挑出來的大好人！俺十七歲出來當兵，三教九流，啥樣的人俺沒見過？林董事長待人誠懇，不抽菸，不喝酒，當了董事長，還穿那件舊夾克，俺服他！」

說得阿寶受了感動。

臨走，阿寶撂下一句話：「吳伯，以後你有什麼困難，找我。再見。」

老吳想起自己暴露沖繩的緋聞，一百個懊悔，一千個懊悔；為了躲避三姑六婆、斐短流長，老吳烙餅攤，神不知鬼不覺地搬走了。最妙的，夜市場的攤販都不知道他的新地址，但是他的主顧卻都清楚，因為他做的餅，佐料、質量、口感、味道，全縣不二家。他的店舖設在縣議會對面，約二十坪，門前掛了一個招牌：「老吳烙餅舖」。連大陸觀光客也交口稱讚，誇獎老吳的烙餅為新創的民間美食，妙！

老吳的上門買主，大半不是食客。因為有些礙於體面，身分，影響聲譽；有的確實行動不便，沒法上街。因此，老吳的苦惱則是無法瞭解食客對烙餅的批評，過軟或過硬？蔥花是多是寡？油質是否合適？老吳能夠聽到真正的批評，才有改進的方向。

這些話也許囉嗦，你聽不準確。換個知識份子的角度，解釋此意，也許恍然大悟。搞現代詩人開朗誦會、新詩發表會、海內外詩人交流會，詩人們相聚一堂，對著穿衣鏡作揖——自己恭維自己。可是讀者卻躲在牆角捂嘴偷笑！看詩的沒有「寫詩」的人多，這種實際情況，也許詩人死後見了屈原，屈原問他原因，詩人只會聳一聳肩，兩手左右一攤：「莫宰羊，歹勢！」

老吳的烙餅生意紅火，他愈擔心這樣的問題。

一日，一位老者披著破夾克，上門買烙餅。

您要幾塊？

八張。

老吳聽了一怔。他說，下午六點，他將烙餅放在塑料袋，等候來取。「請問貴姓？」

「我叫葛弗。」

「像一個詩人名字。葛香亭的話劇，我在上海就看過。請問葛老，我做的烙餅，您告訴我改進的意見，行麼？」

「再軟一點。抱歉。年紀大了，齒牙動搖，沒勁嚼了。」

老吳曾經考慮過，因為他牙齒還不錯，忽略此事，便問：「我使的不是豬油，影響老年人的血壓。豬油比橄欖油香。您有什麼意見？」

「少放一點，摻和著用，也行。」葛弗說。

老吳遞給葛弗一張名片，囑他若想吃烙餅，先撥個電話，馬上為他特製軟一些的烙餅。他也把這些話轉告其他老顧客。烙餅有了改革和進步，成了縣城的小吃名食，這倒是使人料想不到的事。

生意好，需要助手。這是客觀的發展。擺了六張飯桌，增添了酸辣湯、小菜，還得聘請兩個服務小姐。整個上午，吃烙餅的食客川流不息，老吳開始緊張起來。

咱台灣城市人嘴巴饞，只要色香味對胃口，一萬塊錢一碗的牛肉麵，照樣生意強強滾。不過，老吳卻反對這種經營哲學。烙餅，基本功力在於用心、細心，在油鹽葱花薑絲味精的搭配、調製上下功夫就行。不少顧客建議調整價格，老吳不聽。他說賣啥吆喝啥，不能趁機敲詐，那是不道德的。

那天，林火泉經過「老吳烙餅舖」門口，看到生意不錯，非常羨慕。從賣烙餅攤販到一個小飯館，並非老吳的經營計劃，而是水到渠成的現象。老吳起初也料想不到，因他退休後的積蓄，陸續購置了設備、食材和聘請職工，身上的錢淌出去卻流不回來，這樣經營了大半年，終於有了利錢，愈滾愈多，顧客也愈來愈多。老吳知道火泉是牛肉麵高手，他真想把火泉挖來合夥經營飯館。沒等老吳張嘴，對方就提出一個建議：「你做的烙餅，縣裡只有一家，以後，你每天在我麵攤供應十張烙餅，每張扣一成利，行唄？」

十張？老吳考慮一下，低頭說：「不過，我的烙餅不能退貨，也不能追加。當天銀貨兩訖，免得發生麻煩。」

自從林火泉每日批購十張烙餅，滿足了食客的胃口，於是，「老吳烙餅舖」的聲譽，蒸蒸日上。因為供不應求，顧客發牢騷，老吳的烙餅，向來慢工出細活，他的苦衷，顧客茫然不曉。因此造成做生意希望顧客愈多愈好，在老吳卻轉變成做生意盼望顧客愈少愈輕鬆的心理，最上乘則是「門前冷落車馬稀」的景象。

葛弗買烙餅，看到老吳的心理變化，很受啟發。他向夏嘉澍發表文學創作心得：過去，他對詩人李賀的創作量，一直感到懷疑，因為李賀創作非常辛勤，通常是「吟詩一夜東方白」，寫詩也是通宵達旦。李商隱《李長吉小傳》說他每天堅持寫作「非大醉及弔喪日率如此」。既然如此辛勤創作，何以在唐代只留下極少數的作品？

葛弗看到老吳的烙餅生意，終於產生了這種想法：做生意，不必為了發財，因為鈔票是賺不完的。每天勞動二十四小時，老吳也成不了王永慶；寫詩也是如此，產量滿天飛，到處傳播，最後讀者看膩了，也會產生強烈的反感。

詩人寫詩和老吳烙餅，前者腦力勞動，後者體力勞動；兩方面都應重視品質保證，如此才真正為人類作出貢獻。

正值葛弗和夏嘉澍沉浸在古為今用的詩境中，從山東鄆城寄來一封信，寄給牛肉麵館林火泉，轉交夏嘉澍。老夏收到了信，非常興奮，猶如除夕夜觀賞煙火，眼前呈現火樹銀花，一派繁華熱鬧的景象。他的寧靜心情，頓時如同大海漲潮，混亂起來。

來信的梅杰，過去鄆城中學的知己、同學。梅杰和夏嘉澍的感情比胞兄嘉禾還深。鄆城戰亂時期，梅杰悄悄告訴他一個訊息：共軍已佔領徐州市，正大批吸收青年從軍。其中有一座「白求恩醫學院」，學習兩年，將會派到解放軍各野戰醫院當醫生。

白求恩，這個校名真有意思，怪怪的。

白求恩是加拿大著名胸腔外科醫師，共產黨員。一九三六年德國法西斯武裝干涉西班牙革命時，他隨同志願軍前往西班牙服務。中日戰爭爆發後，白求恩受命率領醫療隊到達延安，不久轉赴晉察冀邊區工作。白求恩以精湛的醫療技術，為中國抗日軍民服務，並培養了大批服務人員。因搶救傷員感染中毒，一九三九年冬，病逝河北完縣。當時在徐蚌會戰結束，共軍佔領徐州，「白求恩醫學院」招生，即為紀念白求恩而設立的軍醫學校之一。

梅杰慫恿老夏一塊去投考，老夏躊躇不決，兩人曾為此發生爭執。夏嘉澍的文科不錯，對物理、化學甚至數學，不感興趣，基本功也低，他是考不取的，即使考取也會像魯迅一樣，半途而廢，改行換業，另謀前途。

中國大陸解放初期，梅杰從「白求恩醫學院」畢業，作了醫師，曾參加支援解放大西南戰爭，受到表彰。後來，曾經在鄭州和夏嘉禾會面。那時，嘉禾已作了區委書記，唯尚未結婚。他是我郫城中學校友的榜樣。每逢想到嘉禾，便聯想到嘉澍。兩岸交流，梅杰踏上了這塊土地，腦海浮現出的就是夏嘉澍的影子。

梅杰在信上說：

如今，咱們已進入晚年，回顧風華正茂的時代，「指點江山，激揚文字，糞土當年萬戶侯」。經歷了數十年的鬥爭，我也嚐到了毛主席「人間變了，似天淵翻覆」的感受。作為一個唯物主義者，我如今最大的願望是剃度為僧，離開塵世。如我今生今世能再見到嘉禾，我一定激動地握住他的手，說出掏心話：國共內戰是歷史的錯誤。這場戰爭，使中國落後半世紀。

嘉澍，現在我要噙著淚水，忍著悲痛，向你轉告一個不幸的消息：一九七〇年春節，我從昆明回了郫城，聽說嘉禾在安徽犯了極其嚴重的錯誤，被開除黨籍，羞憤自殺。詳情不得而知。近幾年來，海峽兩岸已暢通無阻，想你一定和嘉禾取得了聯繫，到底他目前身在何處？務望急速告知。以我對他的認識，嘉禾是絕對不會走向絕路的。

這封信，夏嘉澍和葛弗反覆看了數遍，嘉澍始終無法回信；葛弗也難以拿定主意。梅杰在信中傳達出他的思想，他如今的願望是「剃度為僧，離開塵世」，這句話讓我難以相信，可以說是完全「說謊」。梅杰作了幾十年的解放軍醫生，參加了不少血肉搏鬥的戰役，歷經了不少的政治運動。何以在他活到風平浪靜的改革開放年代，卻湧出了「剃度為僧」的出家願望？他不需要「說謊」，但為什麼向我「說謊」？

葛弗的看法比較深入。在文藝表現的真切上，英國王爾德說過，「文藝乃是一種說謊」。梅杰的說謊，乃是他的文藝氣質的具體表現，值得探討。不過，有關嘉禾的生死問題，從梅杰的信中已獲得具體的定論：嘉禾已經死了，他的自殺是光榮的。

梅杰在高中時便熱愛文學，發表作品。夏嘉澍鼓勵他，將來去做一個記者。梅杰說，記者只能記載新聞，只有文學才可以記錄歷史，《史記》雖然有些是虛構的，卻是史筆。魯迅的《祝福》，他創造的祥林嫂，卻永遠在讀者的心底，記錄了中國婦女的悲劇。

嘉澍，你同意我的文藝觀點麼？

夏嘉澍發怔。他似乎懂，但卻不懂。

半個世紀過去，夏嘉澍思及往事，恍然大悟：梅杰如今萌生出家當和尚的念頭，乃是對國共內戰的強烈不滿。既然往者已矣，尚有啥話可談？他拿起筆，提及今年颱風過境，並未造成災害，因此水果豐收，盼來台灣品嚐，共敘別情。這封回函，一派紹興師爺筆法。不用問，信寄出，如石沉大海，夏嘉澍似乎不久便忘掉這件事。

人到晚年，歲月易逝，這是難以否定的感受。新年過去，轉眼到了春節。天冷，懶得出門，很多退休老人趁此機會打電話拜年，藉此瞭解對方的生活情況。夏嘉澍擺過舊書攤，結識的詩人作家不少。逢年過節，打電話問候，毫無任何意圖，一不求職，二不推銷書刊，三不拜託介紹刊物發表近作。但是，夏嘉澍只要撥通了電話，便聽到對方發出一些冷冰冰、酸溜溜的牢騷。老夏感到訝異，作家是人類靈魂工程師，他的心理如此不健康，怎敢執筆寫作？他起初想把舊電話本焚毀，葛弗勸他保留一時，可以作為調查研究的參考對象。

春節期間，葛弗的一首詩在報上發表，很棒。老夏樂不可支，拿起話筒，給著名資深詩人撥通電話，興致勃勃將這首詩介紹那位大詩人。

「請問你是幹什麼的？」對方冷冷地問。

「賣水果的。」

「你打電話講這件事，什麼意思？」

「詩人，我的意思是向你借錢，不借，殺你全家！」啪地一聲，切斷了電話。

這件事過了很久，夏嘉澍才把它和盤托出，逗得葛弗捧腹大笑。老夏問他，這種心理是否有些不正常？葛弗點頭。厲害麼？葛弗尋思一下，笑了：「反正不輕。」

葛弗分析，夏嘉澍撥電話談此事，便是心理不平衡，否則不會撥電話。荀子說過：「士有妒友，則賢交不親；君有妒臣，則賢人不至。」葛弗談到當前的領導人，有否革新，只要看他所用的幹部，便了然於心。史達林說：「幹部決定一切。」這是非常正確的話。不會用人，用人不當，那是一定失敗的。

人到晚年，看到優秀的人材，上了政治舞台，內心感到興奮，這才是正常心理。資深作家發現優秀作品問世，奔走相告，才是進步心態，否則那是空頭文學家或政治家。

通過兩年的研究調查，夏嘉澍對台灣文藝界老作家評出具有下列三種心態：

一是陶醉在當年一本書或一首詩的暢銷或榮譽，抱著自命不凡、故步自封的心態，進入墳墓。

二是這種人只憑自己的主觀意圖行事，不虛心向別人求教。日久天長，則養成剛愎自用的性格。

三是此種人所知有限，只認識偶像、講義，西方思潮；卻輕視本土文化，犯了坐井觀天狹隘主義的弊病。此種人多出身學院派。

葛弗聽了老友的調查研究成果，感慨不已。這個成果，證明過去六十年來，台灣的文學創作落空，毫無成績。這些沒有作品的詩人和作家，皆為騙子，他們對社會國家毫無貢獻。這個史實，從事文學史的朋友應該誠實面對，否則便是耗費了數十年的精神與光陰，他挖盡心思，從事腦力勞動，留在歷史上的是卻一張空頭支票，永遠都不知道。

上世紀五〇年代初，政府播遷台灣，地方狹小，人口稀少，對大陸上作家的作品，一律列為禁書，這是非常愚蠢的政策。對岸人多，作家多，優美真摯的作品多，咱去採取禁止策略，豈不自取飢餓末路，餓死為止。再說，老共是一九四九年佔領了大陸，咱卻將清末一直到一九四九年的作家作品，皆列為違禁讀物，恐怕李鴻章也做不出這種愚蠢政策吧。

文藝門羅主義，閉關自守，造成文壇的畸型現象：作家為了創作，儘量避免沾染政治，孰不知文藝與政治扯不開，它們是相互影響的。總的來說，都要為社會人群服務，都得幫助人民推動史前進。在這種錯誤政策下，台灣文藝冒出一種投機取巧就能一定成名的作品形式，那便是現代詩。

現代詩，不通。因為現代的人寫詩，當然是「現代詩」，不是「元朝詩」、「清代詩」。所以它是騙人的「廢話」。詩者，詩歌也。五四運動胡適等人推翻文言的傳統格律詩，改為通俗白話的「詩歌」。台灣的詩人紀弦反對「歌」字，大抵以為「歌」降低了詩的水平，創造出一個莫名其妙的「現代詩」詞彙。它縱橫六十年，跨界海峽兩岸，也攪亂了改革開放後的中國大陸詩歌界，實在妙得緊啊！

當局者迷，旁觀者清。文化騙子在舞台變魔術，他自鳴得意，以為台下觀眾都是傻瓜、粉絲、忠實觀眾，其實不少觀眾都看清了文化騙子的真面目：先在台北文壇打出知名度，再移民歐美作寓公，因沒技能，沒本事，難以賺美鈔，只得每隔一兩年回台灣拿退休俸、打秋風，撈錢，順便爭取一部份青年讀者。這種人可悲而可憐！據葛弗的科學研判：到了二〇二〇年，台灣的文化騙子將會死亡殆盡，不復出現。

葛弗理直氣壯地說：台灣是產生不了海明威的。他們寧願作偽詩人、假作家，也絕不在海外自殺！咱這個自稱文化古國的民族，沒有出息的！

上次梅杰來信，帶給夏嘉澍的煩惱。不料，這位退休的老友，卻又寄來一封長信，詳細地說出了當年夏嘉禾的自裁經過。不久前，梅杰從萬里先生一冊回憶錄，發現這件珍貴的史料。萬里曾在安徽省委第一書記任內，為廣大農村人民解決糧食問題，留下了「沒有米，找萬里」的諺語。

有關嘉禾遇到飢民搶劫糧袋，大致如此，嘉禾以領導身份早已下令，沒有他的指示，任何護糧民兵是不能開槍的。也許那些蒙城農民餓得走投無路，頭暈眼花，為了爭取多活一天，不作餓死鬼，才走上了搶劫的路。當時有個農民說：「被他們用槍打死，餓死，都一樣；寧可被打死也不要餓死。」夏嘉禾看在眼裡，痛在心頭，他噙著淚花，眼睜睜地看著骨肉同胞，像當年淮海戰役的解放軍，前仆後繼，勇敢向前，「這是中國人民解放的後果麼！」嘉禾在朦朧間，他知道已違背了黨的紀律，他也便在倉促間自殺身亡！

萬里先生的回憶錄中，曾摘要轉載「夏嘉禾同志平反紀要」，證明它的可信度，以及安徽合肥領導對這件悲劇處理慎重。

這封信，給夏嘉澍帶來了一場嚎啕大哭！

阿姣氣瘋了，她罵老伴從年輕時，想哥哥，念哥哥，結果盼到的一場空夢。「你活不了幾年了，還哭啥？」

過去幾十年，阿姣瞞著丈夫，到台灣各地的廟宇焚香許願，捐獻香火錢，求神庇佑夏嘉禾安然無恙，讓他們骨肉兄弟今生今世有機會再抱頭一哭！唉唉，結果竟成了幻想！

正當夏嘉澍寫信向梅杰致謝，信未寄出，卻接到梅杰寄來的萬里先生回憶錄。人證物證俱在，夏嘉禾的結局已定，不容置疑，他撕碎了寫給梅杰的信，下定決心，和山東鄆城斷絕往來……

夏嘉澍為了避免再接到來信，他幾乎不敢去逛夜市場。這時，他聽到「老吳烙餅舖」歇業的事，暗自吃驚。生意好，賺錢，烙餅已在縣城打開了銷路，為啥歇業呢？何況林火泉牛肉麵攤，也成了烙餅的零售點。這真讓人納悶。

阿寶說，阿泉的分銷站，就是拖垮「老吳烙餅舖」的原因。老吳每天親自揉麵、烤餅，累得跟一隻牛一樣。他不願意別人幫忙、插手，因為怕烙起的餅變了滋味。日復一日，如此辛勞，老吳真已累壞了，無法再揉麵。別人勸，他聽不進去。鈔票固然人人喜愛，但是老吳若是累死，誰來烙餅？有人埋怨過去老吳忽略這個問題，可是如今即使明白了，已經來不及了！

那天清晨，林火泉路過「老吳烙餅舖」，取餅。才知道老吳這條老牛，像林祥海飼養的那隻老黃牛，年老，血管大半阻塞，昏迷倒地，被救護車送到醫院急診室，醫師拿起聽診筒，老吳已停止了脈搏跳動與呼吸……

「來不及了！心肌梗塞，他叫什麼名字？」

誰也不知道他叫什麼，只知道他是「老吳」。

店夥計從老吳身上掏出一大捲鈔票裡找出身分證，走近掛號櫃台，辦手續。

老吳確是累死的，現代用詞——「過勞死」。若非林火泉麵攤天天訂購十張烙餅，他不致熬夜，超體力勞動。林火泉等於間接害死他，這是眾所周知的事實。

最令人不解的，「老吳烙餅舖」歇業，任何小吃店也都跟著做不起來，最後關門大吉。林火泉的牛肉麵攤，也在年底撐不下去，轉讓了。因為客人不上門。

夏嘉澍吃不到夠味的烙餅，饞得要命。葛弗也是如此。他聯想起李賀創作的辛勤，大抵和老吳一樣，抱著「少而精」的態度，寫出嚴謹優美的作品。李賀的早逝原因可能和老吳的情況類似。

老吳死後，海峽對岸竟然冒出了侄兒、堂弟和一堆聽都沒聽過的親戚，他們按著法定程序，向縣政府申請接收遺產問題，搞得職工頭暈腦漲，怨聲載道。

老吳遺產案，轟動議壇，許多議員把矛頭指向任勛，因為當初支持老吳開店的是夏嘉澍，而任勛則是夏嘉澍的知己，他是從「寶島果園」出來的。為了平息吳家鄉親的告訴，任勛自願拿出一筆錢，安撫吳氏家族人員。老夏受了這個打擊，心裡非常苦惱，兩岸關係，如此複雜，若是將來兩岸統一，那會製造出不少的糾紛。

任勛有口難言，只得默聲而退。他再也不競選連任，反而悄悄帶著妻子兒女，移民海外。

這件事給予夏嘉澍很大的刺激，他當初推薦老吳去開「老吳烙餅舖」，原是出於一片善意，怎想到落到這種下場？葛弗也感到無比的痛苦。從老吳的身上，可以認識財富的追求是不同的。鈔票並不是世上最貴重的東西，黃金珠寶亦是如此。若是以老吳的人格推論，有朝一日他成了企業家，千萬財產，他的「老吳烙餅舖」將是何等模樣？

紹興的咸亨酒店，進進出出的客人，可能比老吳烙餅的客人頭腦單純、四肢發達。孔乙己，怎有葛弗的身世坎坷，時乖命舛？咱們何幸生活在偉大的時代，怎麼產生不了偉大的短篇小說？

葛弗和夏嘉澍相對傻笑。

這並不是可笑的事，可笑的則是台灣作家的腦筋裡，還想不到這個課題。這才是文藝的悲哀。

葛弗吸了一口菸，產生了新的靈感。他為目前台灣的文化環境，即使魯迅在世，也寫不出那種感人肺腑的小說。頓時，空氣沉悶起來。

不過，當前寫作自由。老夏自我陶醉。

是的。文藝圈有少年耍流氓的自由，有歌頌幫派打架的自由，有發掘影歌星緋聞的自由……這種自由，對於社會人群有無益處？難說。

文章千古事，得失寸心知。它的優劣和品質，應該由廣大讀者去評選，這才公道。每年只靠少數學歷高、背景強，靠拉保險搞推銷縱橫文壇的當評審，再過六十年，台灣文藝水平也不會提高。

葛老，你說這種情況，最高當局知道不知道？

他們只重視投票，作家多少，毫無影響；老芋仔是鐵票部隊。可惜再過幾年，即使活著也不能走動了。唉唉。

九

梅杰的信，給夏嘉澍帶來很大的影響。

少時，他們住在鄆城，鄰居。梅杰的家境比較寬裕，白麵饅頭、小米稀粥，炒黃豆芽、醬鹹菜。每次嘉澍到梅家玩，梅大娘總是留他吃飯。她對待沒娘的嘉澍像兒子一樣。

梅杰的姊姊梅芹，高中畢業進了電信局。她曾是鄆城中學的校花，演戲、唱歌，風雲人物。不過，梅芹並不喜歡嘉禾，卻愛跟比她小兩歲的嘉澍聊天。嘉澍在她面前毫無拘束。青梅竹馬，純潔心靈，梅芹非常喜歡嘉澍，嘉澍卻不知道。

在混亂歲月裡，梅芹關心家中的親人，也關心嘉澍。那時，梅杰正打算到徐州參加共軍行列，投考白求恩醫學院，她慫恿嘉澍一起走，但是嘉澍拿不定主意，下不了決心。

梅芹鼓勵夏嘉澍和兄弟結伴走。華北的局勢，已經有了變化，共軍在淮海戰役獲取勝利，南下解放南京，指日可待，這是稍有一點文化的人都看清的。嘉澍高中畢業，正是青春好時光，若不把握這個機會，爭取前途，尋求正確方向，那將使終身遺憾。

梅芹在解放以後，一直在電信局做事。她總以為和夏嘉澍很快就能相見，誰知，這樣日復一日，年復一年，歲月蹉跎，卻始終看不到夏嘉澍英俊樂觀的笑容，她做夢也想不到嘉澍去了台灣……

梅芹退休，才知道年華已去，今生今世，不必再為婚姻煩惱。但是，她仍關注惦念夏嘉澍，這個人是否仍在人間？

梅杰初訪台灣，聽到一個石破天驚的消息：夏嘉澍還活著，在台灣做水果生意，是一位頗有聲望的企業家。至於其他的情況，卻茫然不曉。梅杰始終不瞭解梅芹對夏嘉澍的一片痴情，所以在通信中從未提起他的家庭情況。

不過，老夏開始躊躇不安起來。在梅杰的信中，為何一直沒有提到梅芹的隻字片語呢？梅芹是他少年時的偶像，把她視為自己的姐姐，難道她已離開了人間？

那天，家裡空蕩蕩的。夏嘉澍寂寞無聊，拿起電話筒，瞅著梅杰的信，撥通了大陸的電話。傳來的是一個婦女的蒼涼聲音。

請問梅杰在家嗎？

她去濟南了，你哪位？

我叫夏嘉澍，我是她的小學同學。

唉喲，你不是在台灣種蘋果嗎？嘉澍，你還好吧？

妳是誰？

我是她家褓母。褓母對於夏家的事，瞭解甚詳。嘉禾、嘉澍和梅家姊弟從小是玩伴。據她所知，嘉禾喜歡梅芹，梅芹卻喜歡嘉澍。結果，竹籃打水，一場空。像張恨水的小說。

嘉澍插嘴：張恨水的《美人恩》，梅芹借他看過。他才上小學五年級。

你還記得梅芹？

咋不記得，她家蒸了饃饃，她就拿給我吃。我家吃窩頭，臉黃。她跟梅杰吃饃饃，臉白。我一輩子忘不了芹姐。我問妳，梅芹姐身體還好嗎？快七十了吧？

你有什麼話託我轉告給她，說吧。梅芹住在我家對面。

老夏噙著淚花，哽咽著說：「請妳轉告她，我愛她，小時候愛，老了更愛！」

對方笑了。夏董事長，你這句話讓我張不開嘴呀。你們台灣人講話都這麼直接嗎？是不是太不文明了？

老夏說，台灣最愛保存傳統中華民族文化，不虛偽，不誇張，愛就是愛。他說：「我求妳轉告芹姐，我會設法去看望她。如果不方便，隨時撥電話給我。」對方說：「梅芹半身不遂，癱瘓在床上。她任何人都不接見。她在鄆城電信局服務四十年，追求她的男人不勝枚舉，請你不必自作多情了！」啪，掛了電話。

夏嘉澍再怎麼撥都撥不通梅杰的電話。起初，他覺得奇怪，眨眼間恍悟過來。梅芹在電信局近半世紀，對電話業務焉能不曉，想更換號碼，豈不易如反掌？

幼姣回家，老夏將此事來龍去脈，告訴老伴。幼姣認為接電話的女人，未必是梅芹，若是梅芹，怎會做出這種絕情的事？

老夏先後給梅杰寫了兩三封信，石沉大海，從此老夏不再寫信，甚至也不去逛夜市場，何況林火泉的麵攤也轉讓出去了。老夏已經很久沒聽到林火泉的消息了。

那日林祥海從外面回來，告訴夏董，林火泉在縣城郊區開了一家餐館，生意不錯。不久前，梅杰夫婦帶了兒子、姊姊到餐館吃飯，他們一行四人，在台灣旅行一週，然後從香港返回山東。因為林祥海沒有和梅杰見過面，所以他講不出他們的一切情況。夏董囑咐阿海，約個時間，兩人去林火泉新開的餐館捧場，順便打聽一些有關梅杰的事。

做生意的火泉，頭腦靈活，他見了梅芹，便猜出她和夏嘉澍是青梅竹馬的歷史感情。年近七旬，由於沒有結婚，身材面容依然保持中年婦女的風采。臨走，梅芹特別走到一旁，問起夏董的家庭狀況，林火泉照實際情況告訴了她。她從皮包取出一封信，託林火泉轉交嘉澍。

梅家不是有個褓母麼？

林火泉笑了。他說梅杰的兒子在軍醫大學做事，早已離開鄆城，他家只剩下老夫婦二人，沒有雇褓母的必要。他勸夏董趕快回信，免得拖延時間，引起對方的誤會或反感。

老夏把信放在袋內，感到不安。既然梅芹長途飛行到了台灣，為何不來見面？這到底有什麼隱情？他懷著忐忑不安的心情。吃過飯，和林祥海返回「寶島果園」。

燈下，老夏展開了信箋，梅芹那「柳眉桃臉不勝春」的美貌，浮現眼前。

嘉澍：首先向你道歉，上次那通長途電話，我不應該向你發脾氣。放下電話，我哭起來。想起詩人葉塞寧在俄國革命時期，為革命流血流汗，不遺餘力；革命勝利，他卻自殺。魯迅說葉塞寧是「碰死在自己所謳歌希望的現實碑」上的悲劇。

歷史可以作證：大陸解放以來，翻天覆地的新社會並不是完美的；土崩瓦解業已滅亡的國民黨卻在這座島上繁榮起來。若是嘉禾地下有知，他會抱頭痛哭！

少年不知愁滋味的年代，咱們在一起彈蛋兒、跳房子、看小人書。媽蒸熟了饅頭，我總是首先給你拿一個吃。那時，我最喜歡的是你。如果你比我大兩歲，多好！這個祕史，世界上只有俺媽知道，她提起此事就笑。她說我「死腦筋」，固執。俗話說，「女大三，抱金磚」，只要兩人情投意合、互親互愛，便是幸福。套句現代年輕人說的：身高不是距離，年齡更不是問題。

解放後，我一直打聽你的消息，從希望到失望、絕望。想不到你在台灣種水果，你栽培的蘋果比得上煙台蘋果麼？種植的水蜜桃比得了肥城桃麼？你能成為成功的企業家，確是令我意料之外的事。

嘉澍，你已結婚成家，有了一定的聲望。如我見了你，嚎啕大哭，實在貽笑大方。因為若見到你，我是不能不哭的。思前想後，還是不見為妥。

我活了大半輩子，沒談過戀愛，沒結過婚，也從沒有離開過齊魯大地；初次出門，到了寶島台灣，我竟然喜歡上了這個地方。是我自作多情麼？一笑。

……

夏嘉澍看不下去了。淚眼朦朧，涕泣漣漣，闊別半個世紀，梅芹的關懷與愛，已淋漓盡致了！梅芹說的對，相見抱頭大哭一場，又有什麼意義？往者已矣。

梅芹走後，「寶島果園」發生一件糾紛。一位陸客，說店員欺騙了他，抬高物價，販售過期水果。在門市部大吵大鬧。李寶喘吁吁去見夏董，說明原委，因為那位上海客人非常厲害，來頭不小的樣子，堅持若不給個公道，就要舉行記者招待會，官司打到底。

夏嘉澍馬上指示：一是賠償損失，向陸客道歉；二是盡力保護店員簡杏枝的安全，不得給她身心再受到傷害。夏董想了想，不放心，他要親自到門市部平息這場風波。

陸客來購買水果，總愛討價還價，這是一些愛高抬物價商人造成的負面影響。夏嘉澍心中有底，簡杏枝一定給了顧客過期水果。他知道簡杏枝對於海峽對岸的人，有點成見，夏董內心同情她，不能不袒護她。

簡杏枝是林厝村人，家境清苦，她十九歲作了寡婦，她的丈夫在服兵役時適逢八・二三砲戰，被老共的炮彈炸得血肉橫飛，這些殉難的官兵以麻袋掩埋於太武山公墓。兩年前，她是李寶介紹來「寶島果園」販賣部的。

凡是陸客來觀光購物，她的表情便很嚴肅。說句實話，她也知道要笑，笑才能獲得顧客的歡心，但是簡杏枝說什麼也笑不出來。

水蜜桃多少錢一紙箱？

六百塊。回答聲小。

這麼貴啊。

上面的水蜜桃比較便宜。

多少錢一紙箱？

四百五十塊。你要多少？

那位顧客思索一下，問簡杏枝：新鮮麼？

一分錢，一分貨。貨物出門，不退。

那位上海的中年人，急性子，他覺得這個寶島姑娘講話痛快，毫不囉嗦。掏出皮夾，數錢。「兩箱。」提著箱子，上了車。

適逢路娜颱風過境，下雨。打亂了陸客的行程。因此那兩箱去年賣剩的水蜜桃，惹起事端。上海人不是好惹的，講普通話像西班牙文，像是要把簡杏枝用手掐死。偏是杏枝臉不變色心不跳，迎向前去：「貨物出門，概不退換。」

「你們的領導在哪裡？喊他出來！阿拉是記者出身，什麼樣的人沒見識過！」

門市部的人，張飛看刺蝟，大眼瞪小眼。「領導」，大概是指「領班」、「負責人」的意思吧。驀地，黑鬼子喬路易從後面走過來，上海客人確是嚇了一跳，不由地脫口說錯了話：「你是流氓？」

林祥海大吃一驚，他出世以來，由於體格強壯，面目凶惡，但從來沒有人敢喊他「流氓」。阿海哼了一聲，那上海客退後兩步。「流氓出手打傷記者，一定登報，我還沒有上過報呢。」阿海作勢摩拳擦掌在獨白，門市部靜悄無聲。這時夏嘉澍及時趕到，阻止了這場將要上演的鬧劇。

夏董決定，兩箱過期水蜜桃，免費贈送，隨客意處理，退還九百元，並向上海遊客握手致歉。上海客人怒氣平息，風度不錯，退還那兩箱水蜜桃，上車。雨愈下愈大了。台灣的地震、颱風年年不斷，怎稱得上寶島？

一週後，報紙上刊出一則地方新聞，一個陸客因為到「寶島果園」買水蜜桃，誤以為店員抬高物價，欺詐顧客，經過澄清，店員簡杏枝確未哄抬物價，新鮮水果每箱六百元，去年陳貨每箱四百五十元。雙方因言語誤會造成摩擦，已被路娜颱風帶來雨水沖刷淨盡。

新聞並未刊出林祥海的凶惡照片，否則將造成有理說不清的誤解；不過，文章中提及店員簡杏枝當日對陸客的態度「稍嫌怠慢」，該公司負責人林祥海「已予以指責，並給予申誡處分」。後來，簡杏枝見報，曾捂嘴偷笑，並且哭了。這卻是任何人也不知道的新聞。

簡杏枝是有個性的女人，她雖然沒受到處分，但內心卻感到歉疚。「寶島果園」上了報，是由於她對陸客的冷漠態度而起。她遞了辭呈，使林祥海非常為難，阿海問她：「妳離開果園，上哪兒去工作呢？」林火泉的妹妹介紹她去餐廳當服務生。雖然工作比較辛苦，若是不能適應，簡杏枝願意去廚房做清潔工。這些話傳到夏嘉澍耳裡，夏董有點不捨，經過商量，「寶島果園」核發遣散費，並給予保證在一年內可以返回原職工作的優惠條件，放行。

林火泉這座大眾化的餐廳，是觀光團吃飯的理想選擇。因為上菜快、價格低廉，而且符合國人的口味。每個觀光團進來，開席兩三桌，馬上可以上菜。服務員端菜、送飲料、取佐料，忙得不可開交。簡杏枝雖僅年過三旬，仍感不勝負荷。再加上幾乎天天都有陸客旅遊團上門，聽到那熟悉又令她傷感的腔調，便下了決心：「下廚房洗碗盤刷鍋子去，眼不見，心不煩。」

廚房的清潔工是最勞累的工作，大半由健壯的未婚男女來做。雖然工資較高，卻不甚適合杏枝。因此通過商量，決定由簡杏枝擔任洗菜工，剝菜、洗菜、切菜工作，雖比較麻煩但輕省些。

一日，上海記者團來到「寶島果園」，採訪他們如何種植果樹、維護培植，以及運銷各地的作業情況。接著訪問了幾位模範職工。其中有兩位女記者，特地請夏董事長將簡杏枝對陸客具有仇恨意識，以及上次在「寶島果園」發生爭執的新聞，做深入性的說明。

各位記者朋友，這是一場誤會，沒什麼好說明的。簡杏枝既沒有哄抬物價，也沒有吵架，報紙上不是已經發表過了嗎？

聽說她的丈夫，過去在金門島當兵，被對岸發射過來的砲彈炸傷，不幸陣亡。所以她把海峽對岸的十三億中國人民，都看成仇人。作為一個記者，應該化解這種仇恨，所以……

夏嘉澍發出苦笑。妳是記者，妳怎麼化解這種仇恨？難道簡杏枝讀了妳的報導文學作品，就會受了感動，像那位日本作家的詩句，湧出「相逢一笑泯恩仇」的感情？

簡杏枝上哪兒去了？我們可以直接採訪她麼？

夏嘉澍站起來向外走，充耳不聞，置之不理。他走到庭院，發現林祥海站在兒，像隻老牛，朝他瞅望。兩個女記者覺得自討沒趣，有點尷尬地從夏董身旁擦身而過，朝著外面升火待發的專車走去，上車離去。她們永遠不會理解簡杏枝的心情吧。

早在抗戰時期，夏嘉澍還在上小學，他每次走過城門，心驚肉跳，像過鬼門關。城門前站著四名持槍的軍人，三個偽軍，一個日本鬼子。凡是通過城門的民眾，不管男女老幼、士農工商，都得向日本兵鞠躬。夏嘉澍引為這是羞辱而痛苦的事。在自己國家領土上，還得向侵略者行禮，實在欺人太甚！

一次，夏嘉澍看見一個老大爺路過城門，一時疏忽，忘了向日軍行禮，被日軍打了一個耳光帶罵「八格牙魯！」，然後叫那老大爺罰跪一小時，才肯放他走。這個畫面，幾十年來一直在夏嘉澍的腦海裡蕩漾……

如果那個上海記者問他有何「感想」，這個「感想」是三言兩語講得出來的麼？上海記者想以筆來化解簡杏枝的「殺夫之仇」、「奪妻之恨」，未免「螳臂當車」——太不自量力了吧。

葛弗對於老夏對待上海記者的態度，非常激賞。老葛向來看不起所謂報人，因為他們中間，真正有學養、有眼光的實在不多。中共建國初期，北京三個新聞宣傳機構，每隔半月去中央宣傳部看文件，有時接受毛澤東餐敘。一次，毛澤東見了《人民日報》副總編輯安崗，問他叫什麼名字？安崗說我姓安。毛開玩笑說：「你就是我們的安公子？」大家笑成一團，氣氛頓時活潑起來。毛澤東接著問：「十三妹在幹什麼？」安崗說：「十三妹在抱小孩。」當時安崗另一半樊亢剛生下孩子不久。毛澤東的博覽群書，對於民間通俗讀物《兒女英雄傳》如此熟悉，國民黨的領導人滿口的堯舜禹湯文武周公的唸經，比得了嗎？

毛澤東曾說：「《光明日報》有一些知識，我喜歡看。沒有知識的報紙我不看。」他表示不想看《人民日報》時說：你們不要讓我學蔣介石，蔣介石是不看《中央日報》的。

毛澤東在向人民日報社、新華社和中央廣播事業局三大單位負責人說：「你們對那些全國有影響的知識分子，像張申府、焦菊隱等人，要多向他們請教。」接著說了一大串知識分子的姓名，最後提到呂叔湘、朱德熙兩位語言大師時說，要請他們多為報紙寫點文章。

葛弗和夏董談到報紙，怒不可遏。編者的眼裡只有官僚馬褂兒、海外學者；而真正有學問的本土人士，卻永遠不見報端。這樣辦報怎能提昇文化素質？又怎敢談論文化建設？儘管他倆討厭報紙，卻每天必看兩三份報，以瞭解國內外發生的事件與時局。

那天，一位衣著樸素的中年婦女，操著上海味的普通話，到林火泉的餐廳吃飯。適逢下雨，客人不多，那個陸客遞給林老闆一張名片，自我介紹「聶莉」，現任報社採訪主任。她想懇託林老闆把簡杏枝喚出來，作短暫的訪問。

林火泉，老實人，不便推辭。因為不久前，有一個記者團摸到這裡，跟簡杏枝聊了一會兒，雙方不甚融洽，上海記者走了。為啥又有記者上門囉嗦，實在使他不解。

簡杏枝正在切菜，只得擦淨了手，脫下圍兜，走了出來。聶莉說，上次發生的誤會，希望簡杏枝諒解，「岳總」一直耿耿於懷，覺得應該自我檢討。所以，聶莉這次專程到台灣，向簡杏枝轉告一件事，請務必接納。

簡杏枝說，妳這些話，我聽不懂。到底要我接納什麼？

「岳總」，就是上回因購買「寶島果園」水蜜桃跟簡杏枝發生爭執的上海人，他叫岳羽，現任上海政協常委、果貿市場總經理，他想聘請簡杏枝到上海作管理主任。

妳別開玩笑了，我正忙著洗菜……

簡小姐。

我是台灣人，不會上海話，妳另外找人吧。不騙妳，我從小到大，連台北也沒到過。

聶莉表示，她這次專程來聘請簡杏枝去任「管理主任」，是代表了上海市民向簡杏枝的慰問。國共內戰，風吹雲散，咱們海峽兩岸人民應該忘記過去，向前看……聶莉的感情豐富，說到這裡，伸手從桌旁抽出一張面紙，擦拭眼淚。

妳怎麼了？

簡杏枝有點懼怕，手足無措。

這時林火泉走近桌前，向客人說：「讓她回去洗菜吧。這件事，回頭再說。」

「回頭是什麼意思？」聶莉問。

回頭……過些日子，再答覆妳，行唄？

聶莉向林老闆道出誠懇的掏心話：「我的機票已經訂妥，後天上午回上海，這不是開玩笑的事。我代表上海市人民要完成任務。」

簡杏枝站了起來，朝聶主任行了一個九十度的大鞠躬，大聲地說：「聶大姐，妳的任務已經完成了。再見。回了上海，別忘了給毛主席問好。」

餐廳頓時揚起哄堂大笑。

上海的果貿市場總經理岳羽，在縣內攪得雞犬不寧，終於平息，倒使夏嘉澍帶來無比的歉疚心情。他帶了兩箱剛出產的優質水果，林祥海、李寶陪同，去拜望林火泉。夏嘉澍以誠摯的態度，說明簡杏枝的委屈，以及在餐廳受到庇護和安頓，向林火泉表示感謝。因為「寶島果園」人手不夠，夏董想把簡杏枝帶回去，升任「管理主任」。

林老闆覺得為難，便將簡杏枝喊出來，當面商議。簡杏枝喜出望外，但是礙於林火泉的情面，她只得採取比較溫和的態度。「我每天工作，腰酸背痛，確實不能再支撐下去。我的意思，想休息一個月，再說。」林火泉心知肚明，只得做個順水人情，准許簡杏枝離職。

簡杏枝辭職後，在家休息。她和李寶情同姊妹，瞭解李寶患了肺癌末期，病入膏肓，內心非常痛苦。她勢必得返回「寶島果園」工作，否則無法展開營業。

那晚，李寶和簡杏枝到村前山坡散步，坐下。眺望蔚藍的夜空，繁星點點。李寶撫著她的肩膀，輕聲地說：「阿枝，妳年紀不小了，應該找個對象了吧。」

上哪兒去找？寡婦，又過了生育年紀。

我幫妳介紹一個，行麼？

杏枝聽了拊掌大笑。

笑啥，妳不願意，算我沒說。

說說看。

林祥海。

簡杏枝聽了果真哈哈大笑。她做夢也沒想到阿寶姊說了這麼一個大笑話。笑得淌鼻涕、流眼淚，一直喘氣。李寶為她拍背、拭鼻涕，悄聲解釋：阿海就是長得醜一點，黑唬唬的。但他性情好、心地好，他是一個好男人。李寶愈說愈小聲，舐得杏枝耳朵發癢。李寶以「肥水不落外人田」的心理，讓自己身後，將丈夫交她妥為照料。杏枝思前想後，才恍悟過來。

從那晚起，簡杏枝見了林祥海，心噗噗跳，臉也發熱，彷彿兩條裸腿被祥海夾住，任其蹂躪宰割。她吃素多年，已忘記男女床笫之間，歡情滋味了。

一個月過去「寶島果園」來電話，嚇了杏枝一跳。

「簡主任麼？公司請妳明天上午報到。」

「妳是哪個公司？別嚇人啦。」

「簡姊，我是人事室小張呀，恭喜您，您回來，大家都很高興。」

如果對方不向她解釋，簡杏枝還真以為是詐騙集團來的電話哩。

杏枝回到「寶島果園」門市部，人緣特好，駕輕就熟，像回到自己的家。李寶肺癌已是末期，杏枝擔負起全部工作，讓她搬進醫院的安寧病房休養。杏枝每天工作之餘，不忘送營養食物、水果到醫院探望陪伴，並為李寶擦身、祈禱。

李寶過世一年，林祥海和簡杏枝成婚。婚後，杏枝才嚐到了幸福的滋味，而且也悟出「肥水不落外人田」的道理。她帶著感恩之心對待阿海。兩人同心協力，把「寶島果園」的生意做得蒸蒸日上。

「寶島果園」的喜事多，唯獨生育嬰兒的喜事罕見。夏董膝下空虛，職工在一起皆避談生育相關的話題。不料，簡杏枝婚後半載，肚皮已漸漸膨脹起來。許多女職工都關心她、祝福她，盼望這位高齡產婦能無恙順利地生下一個白白胖胖的男孩子。

阿姣最關心此事，她無生育，是一件憾事。她祝福杏枝平安地生下孩子，將來可以繼承經營「寶島果園」的任務。司機送她到杏枝待產的醫院，阿姣一直坐在產房外，等候佳音。

「寶島果園」女職工，川流不息前來醫院探望。大多數婦女不懂分娩過程，乾著急。產婦懷孕三十八週以後，有獨立存活能力的胎兒，以及附屬物，包括羊水、胎盤、胎膜、臍帶等自子宮排出的過程，即為分娩。分娩分作三個階段：從臨盆到子宮頸口開全(十厘米直徑，俗稱開四指）稱為第一期產程；從子宮頸口開全到胎兒娩出稱為第二產程；從胎兒娩出後到胎盤、胎膜等附屬物排出稱為第三產程。因為杏枝屬高齡產婦，所以在這三個產程中，如有發生障礙，便易導致生命的危險。

杏枝進了產房，從時間判斷，恐怕已有了問題。阿姣明白，幾個生過孩子的職工明白，連林祥海也開始焦慮起來。別急，也許不會有事。只要平安，媽祖保佑，「寶島果園」的前途，就繫在簡杏枝這一拚了。候診室的職工們，焦灼不安，沉默無語，偶有穿著工作服的醫生、護士走出產房，這群人便集中精神盯著這些人的眼神，想得到一點有關簡杏枝的訊息。失望，一百個失望，誤會，一千個誤會，這些人所奔走和忙碌的都是為別的產婦的事。

走廊上的燈，亮了。林祥海的心，搐動、顫抖。他希望杏枝是活著的，沒有孩子，還不是照樣可以過一輩子！

一個戴口罩的大夫向林祥海說：「凡是超齡的產婦總要經過風險……一般初產婦的總產程，應該在十三個小時左右；經產婦則大約六至七小時之間。」大夫低頭看錶，臉上出現有些驚惶神色。「時間早超過了，別慌，我進去幫你們看看。」走了。

林洋海暗自流淚，他覺得對不住杏枝，下定決心：只要杏枝平安過得了這關，願意從此與她分床睡。

十八分鐘以後，助產護士出來通知家屬：「產婦簡杏枝順利分娩，母子平安，因失血過多，馬上送加護病房。」

林祥海，這個黑唬唬的醜男人，不管走廊上來往的人，忘記他是「寶島果園」董事長，肆無忌憚，無邊無礙，捂著臉，嚎啕大哭。

簡杏枝生下男嬰，是件大新聞。縣城的媒體記者，川流不息來「寶島果園」，為這個寶貝疙瘩拍照。

叫啥名字？

林俊。

名字是夏嘉澍取的，葛弗非常贊同。他們建議，若下一個生女娃，則取名「林美」。不過，簡杏枝反對，她說「好兒不要多，一個頂十個」，這次分娩，可把她整慘了！這一輩子生下「林俊」，心滿意足了。

簡杏枝的分娩，給幼姣刺激很大，她跟夏嘉澍相聚一輩子，年輕時的話特多，到了晚年，沒新鮮話，只有抬槓、頂嘴；只要兩人在一起看電視節目，夏董便對幾個其貌不揚、不學無術、愛開黃腔的半老徐娘進行開罵：「別霸佔著電視台了，讓年輕後起之秀上來吧。噁心、討厭，趕快滾蛋啦！老天爺怎麼不讓她患愛滋病！」幼姣聽了捂嘴笑，不禁說出俏皮話，「愛滋病，又不是普通人想得就可以得的，老芋仔，應該多去瞭解時尚新知吧。」

當年，夏董準備和阿姣結婚，葛弗勸他，考慮。因為雙方文化水平有距離，愛好不同，沒有共鳴，將來還是痛苦的事。王勃《滕王閣序》上說：「落霞與孤鶩齊飛，秋水共長天一色」。嘉澍，不要被愛情沖昏了你的腦袋！

想一想，真對。但是，悔之晚矣。

嘉澍愛幼姣，終其一生。等幼姣發現不治之症，送進醫院，卻在短暫半月內謝世，讓嘉澍回憶往事，猶如一場春夢。

幸而夏董在晚年常跟幼姣拌嘴、嘔氣，否則幼姣去世，可把嘉澍悶慘了！他很少外出，朋友邀他吃飯，他推託身體不適婉拒。甚至連葛弗也不諒解他。老伴走了，他在人間似乎沒有熟人了。

那天，林祥海到家見他，山東組成訪台團，旅行社安排他們明天下午二時，到「寶島果園」參觀，購買水果。因為他們聽說創辦人是山東人，所以特別安排一次會見。

多少人？

山東團員總共十五人。

夏董叮囑，接待以低調為上。團員及隨員每人高檔水果一盒，送到車內，不可張揚。客人來時，派出男招待員六名，禮貌、尊敬，沉默寡言。接待時，在場者除嘉澍、林祥海外，另有葛弗，邀約之事由夏董商洽。

林祥海辦事謹慎細心，腦筋靈活，夏董囑他辦理這件事，使他感到無比的榮耀。什麼重要的大人物？他有點懷疑，畢竟是在軍隊服役過的爆破隊員，見多識廣，他在接待山東旅行團前夕，曾向約定的六名服務員提出建議：

接待期間，夏董、葛董和客人談話，服務員保持退避態度，自然、輕鬆。何時散會？視林祥海眼色決定。等客人離去的剎那，迅速將水果裝箱、搬上車，這是最禮貌的送禮辦法。

阿海說，事成，他將在縣城設宴款待這六位同事，喝金門酒。

夏董原打算藉故出國考察商務，躲避此事。於公於私，也沒有代表台灣接待「山東文化貿易團」的義務。夏嘉澍是老芋仔，靠了汗水和勞力，在偏僻地區建設出一片綠色果園，他們的辛苦是值得尊敬的，也值得憐憫與同情。

何況夏嘉澍當初以國軍三九團文書士官、毛主席「宜將剩勇追窮寇」的擊潰下，退到台灣，名符其實的潰敗之軍；老兵退伍，作了老芋仔，接受勝利者的慰問，成何體統？葛弗引述柳宗元的函件記述：「秉翰執簡，敗北而歸，不可以言乎之！」他反對該團拜會夏嘉澍，若是萬一引起台灣媒體的興趣，在電視和報紙上大加渲染，夏嘉澍勢必心煩意亂，崩潰而亡。

正在猶豫不定，夏董接到了一個電話：去年梅杰姊弟來台，曾到他餐廳用餐，對夏董家境生活關懷備至。她還託林火泉給夏董一封信，如今這位名叫梅芹的婦女來了，她是「山東省政協委員」。

梅杰來了麼？

林火泉不知道。

夏嘉澍輕鬆地說，兒時的遊伴，少年時的同學，既使見了面也不認得了。五十多年，半個世紀啊。

夏嘉澍和葛弗立即談論起此事。葛弗說，「既來之，則見之」，最理想的應該把咱們心內的真心話，掏心話，告訴他們。否則，這一輩子來不及了！咱別指望那些台大、哈佛的官僚政客了。如果你同意，會見時讓我參加！

天上雲層很厚，卻下不來雨。導遊掌握氣候預測，比氣象局還準確。遊覽車悄悄駛過山路，沒碰見車子，也沒發現顧客。車子在夏董事長寓所附近停下，車內的十多個山東客人，像偷襲威虎山的偵察員，下車，向庭院眺望。腦滿腸肥的台灣企業家，也許正在午睡，咱們來訪豈不是自討無趣麼。

一個虎背狼腰的黑漢子，從大門閃了出來，鞠躬，伸手，嘴裡吐出一句標準台灣國語：「歡迎光臨！」於是，兩旁站出的服務員，滿面喜色，迎接客人。這些來自至聖先師孔子故鄉的客人，頓時歡情滿懷，流露出「有朋自遠方來，不亦樂乎」的喜悅。

兩位身材魁偉面貌和善的主人，走了出來，握手，寒暄。

山東鄆城，梅委員小同鄉呢。

有人悄悄話，這位夏董事長，真像《智取威虎山》的男主角楊子榮，英俊、挺拔，可惜……老了！

客廳前的架台，掛著前不久謝世的洪幼姣遺像，女主人向陸客微笑，化解了悲傷的氣氛。這時夏嘉澍才向客人說：幼姣剛做完「七七」祭祀，所以若有接待不週，務必請鄉長們諒解。幾位同鄉欲上前去上香，致意。夏董阻止說：「坐吧！請用點心。」

客廳陳列著兩排長沙發，那是開會的場所。

坐在夏董左方的是葛弗，右為林祥海；對面是「山東省政協常委」梅芹，左為「山東農貿出口局」葉局長，右為「山東省文化廳」丁副廳長。梅芹指著壁上的一個條幅，題寫為歐陽脩的詩句，「野花向笑客開如笑，芳草留人意自閒」，她評說這兩句詩，掛在此處，非常雅興，只是它象徵主人的心，已把故鄉忘得乾淨。

夏嘉澍立即反駁梅芹的觀點。故鄉是一個抽象的名詞，你從山東來，你知道刺槐、胡枝子樹、馬尾松這些僻僻的野生植物麼？我離開鄆城已經五十年，如今我住的庭院仍舊栽種這種魯南才有罕見的植物。梅大姐提出的話，愈聽愈讓人糊塗，你們大抵以為到台灣的老芋仔，只會混吃、悶睡、等死！是麼？

不對。有不少人都很熟悉文化外交政策。

夏董有點激動，蘇聯有個劇本《前線》，它的中心人物是報社戰地記者客里空。他不上前線，只是在後方小鎮的咖啡館，吸菸、啜咖啡、吃餅乾，憑空臆造或抓著一點小故事，添油加醋，盡是片面的誇張、宣傳……我們就是在客里空的誇張、宣傳中度過半個世紀的。

為了掌控時間，夏董不得不製造誠懇務實的氛圍。外交話、虛偽話、官僚話、王二麻子話，兩岸的人已聽得不耐煩了。

葉局長想及時奪過舵手權，換談話主題。他說，從「葉九條」發表以來，海峽兩岸確已呈現和平統一的趨勢……

葛弗上前，握主舵手。「葉九條」的投石問路，方向正確，態度模糊，老將軍還不是以戰勝者的姿態，向潰敗的散兵游勇招降。我問你，一九四九年撤退來台的散兵游勇一百多萬人，他們現在都是白髮皤皤的老頭了！你們向他召喚，還鄉，請問讓他們住在哪裡？吃啥東西？進關以前，填表，祖宗三代都得填寫清楚，好像把骨肉兄弟視為特務一樣，這種和平怎是和平？這種統一豈不是愛新覺羅式的統一？

請喝咖啡，嚐點水果。夏董的淚珠，強制地擠進眼眶，夾起一片剛切的水蜜桃，填進嘴裡，向著坐在對面的梅芹說，「請嚐嚐，我覺得還是比不上山東肥城水蜜桃。梅大姐，您比我們這些流浪漢幸福啊！」

梅芹趕快夾起水蜜桃吃，免得講話，深怕一開口會哭得像《紅燈記》的老奶奶……半晌，她嘴裡冒出這麼一句讓人啼笑皆非的問題：「我有一個問題，請問夏董事長……你的一天三餐，怎麼解決？」

十

這次「山東文化果貿團」會見夏董，若是將實況錄影公布，那將是歷史的珍貴記錄。執政的官僚政客應會面紅耳赤，道聲「慚愧」！

會見時間短，葛弗首先提出問題，引起對方唯物主義者的興趣。一位市局級幹部，舉手，起立，發言。夏董趕緊站起來請他落座。對方的禮貌動作，表示他提出的是當前海峽兩岸的難以解釋的政治歷史難題。

夏嘉澍先生，請你不迴避、不隱瞞、也不顧及什麼政治立場，答覆我一個問題，行唄？

行，行。我文化水平不高，但是一定遵照你的幾個原則，回答你問題。

客人喝了一口水，溫和地說：若是這間屋子裡，只有咱們兩個人，一個來自青島市，一個住在「寶島果園」，我問你對於「台灣獨立」有啥看法？

台灣和青島，毫無政治管轄權，台灣憑什麼干涉青島的獨立，青島更沒有干預台灣獨立的理由。

不過，你知道，台灣是中國領土之一部分。

你年紀輕，念得書比較少。我是擺舊書攤出身，博覽群書。一九四九年國軍大潰敗，你大抵是小學生，我已經高中畢業，參加了工作。我是親眼看到國共分裂的。夏董笑了：「按說我是被打敗的兵，沒資格評論這個問題，可是咱們必須客觀冷靜地想一想，國共隔海對峙半世紀，忽然心血來潮，提出了統一問題，豈不令人措手不及？」

客廳的空氣頓時嚴肅起來。

青島客人問：「你不贊成兩岸統一？」

「我是一個水果商，你老兄最高是青島市副市長；你沒有資格問這個問題，我沒資格回答這個問題。咱倆的問答，等於小孩子在沙灘塑雪人，太陽出來，一灘泥水。」

坐在夏董對面梅團長，笑了。很媚。讓夏嘉澍嚐到了剛出鍋的饅頭香味。她站了起來，代表訪問團說：「夏董事長在百忙中接待我們，特別是他的夫人最近謝世，更增添了我們的歉疚和不安，我們不能過份打攪他了……」於是，來訪的團員陸續離座，和夏嘉澍、葛弗握手謝別。然後由林祥海陪同，參觀了果園、罐頭加工廠，門市部，有些團員詢問了價格，以及銷售情況，訂購一些罐頭食物。臨走，他們才發現夏嘉澍董事長贈送的高檔水果禮盒，大吃一驚，只得懷著不安的心情，走了。

葛弗覺得這次應付貿易團，非常得體，因為這個團來會見夏嘉澍，是團長的意思，她想以混水摸魚來窺伺青梅竹馬的男伴近況。她嘴角含笑，心裡淌血。夏董，他和梅芹隔著一張茶几，卻礙於情面，不敢撲上前去抱住她，嚎啕大哭一場。

可喜的是藉著這個機會，將台灣同胞內心的願望告訴他們：台灣的老芋仔，並不是老共的俘虜；台灣跟中國大陸早已分割成兩個獨立國家了。只是台灣太小了一點兒，慚愧。

葛弗告訴夏董，梅芹既然是「山東文化貿易團長」，她應該有一定的政治眼光。他判斷梅芹將在離開台北以前，給夏董寫信或來電話。果然，一週後，夏董收到一封從台北寄來一封很厚的信。

嘉澍兄弟：

看到你壯碩的丰采，優雅的談話英姿，我覺得你真委屈，在台灣小島上，你流下汗水，把精力與智慧貢獻了國家。國家卻沒有照顧到你，這個國家有啥希望！

千萬不要認為我的統戰策略，離間你對政府的向心力。你，一個老芋仔，水果商，值得梅姐對你統戰麼？至於離間你和政府的感情，笑話。這次我在台灣上至部會首長，下至人民群眾，我才瞭解台灣政府的用人哲學：大學畢業，留學英美，能唱兩首歌，會喝紅酒，在女人面前長袖善舞，這就是台灣官僚的寫照。澍弟，你這個書獃子，為啥早年不混個學歷，哪怕是假文憑也可以出人頭地呀！

不要相信官僚，投票的時候要三思而行，別作鐵票部隊。

半世紀前，嘉禾和我便參加了地下黨。當時，我們的階級鬥爭是有點過頭，使不少青年躲開鬥爭行列，遠走他鄉；當時我們之所以必須把階級鬥爭擺在中心的位置上，那是因為只有首先推翻反動階級的統治，使勞動人民政治上不受壓迫，經濟上不受剝削，才能解放生產力。現在不同了，勞動人民早已當家作主，我們早已進入社會主義建設時期，發展生產力已經成為直接的任務。

但是，在我們的新社會，仍然出現貪污犯、富二代、官二代的問題。我早已看出中國是沒有希望了。

過去為了瞭解台灣文化問題，看了不少莫名其妙的朦朧詩，胡扯八道的小說。這次和官僚吃飯，問他們看過什麼文藝作品？官僚政客愛吃，喜歡「食文化」作品，每個人喝酒，先乾為敬，原來海峽兩岸都相同。最使我驚訝的，台灣的最高層領導，喜歡武俠小說，而且他們還有自己的作品問世。

有作為的人材，難以出頭，這個國家有何希望？

嘉澍，你有文學寫作天才，在這思想正值巔峰的階段，我盼望你寫下來台灣的生活見聞，不必發表或出版；你也不需要賺點稿酬維持生活，也不需要在這文化沙漠地區佔一席地位，你是敵不過文化流氓惡霸的，否則你夏嘉澍早已紅起來了。

台灣人民質樸善良，勤勞刻苦，特別是婦女。走在百貨公司、夜市場，看到那些活潑樂觀的姑娘，我真想摟住她們親吻一口，這就是海峽兩岸必須統一的因素。

可惜今生今世，我看不到那一天了！你雖比我小三歲，但也等不到那一日的！

聽我的話，保重身體，寫作傳記，為後世的同胞留下誠實的記錄。明天中午搭機返回，東西恐已超重，剩餘的旅費帶回，麻煩。謹將美鈔二千元匯上，算是我請你吃頓團圓飯吧。你別扭捏，也別客氣，綠豆小米稀飯、白麵饅頭、炒黃豆芽菜、紅燒蹄膀，都是你從小愛吃的。吃吧，兄弟，別掉眼淚，你雖然成為頗負眾望的民間企業家，但在我心目中仍舊是一個天真未鑿的文藝小青年，芹姊還是像半世紀前那麼疼你。……

夏嘉澍看到此處，熱淚盈眶。算一下日子，如今應該回到鄆城了。撥通了電話，祼母來接。老夏喊了一聲：「芹姐！」

我們走了以後，你還好吧？

好。我接到妳的信，還有兩千美鈔。

我很後悔，寫的信，前三皇，後五帝囉哩囉嗦，我怕給你惹出政治麻煩。

哈哈，芹姐，半世紀之前的老皇曆，早就不適用了。台灣，空前的民主自由環境，妳別擔心，想說啥就說啥，想批評啥，儘管批評。氣人的是那些官僚政客當耳邊風。

梅芹咯咯笑了。

夏嘉澍趁勢向梅芹展開進攻：台灣氣候溫和，物價便宜，一年到頭水果不斷，是最適合老年人生活之地。他勸促芹姐搬來台灣安度晚年，以補償過去對她的歷史感情。

梅芹在笑，她說老夏編織的像一篇愛情小說，曲折動人，可以拍攝成一部電影。唯一遺憾的是男女主角相逢恨晚。兩人在濁水溪畔擁吻，一時血壓上升，引起心臟加速躍動，導致心肌梗塞，嗚呼哀哉。觀眾看了此片，高呼退票，製片人豈不宣告破產？

再說，這種題材的影片，洋人毫無興趣。現在海峽兩岸電影導演，姓張的和姓李的，商業化惡霸，他們是不會導的，因為不能進軍好萊塢和坎城影展。老夏提起這些話，氣得渾身發抖，他罵起來：「台灣的凱子官僚，把這兩個專會撈錢的導演看成藝術大師，基掰！」

芹姐在電話那頭咯咯笑了起來。

妳笑啥，有啥可笑的？

台灣的老芋仔，到了這個年紀還關心文化藝術，這證明台灣有光明的前途。

既然有前途，芹姐，來吧。咱台灣兩千三百萬人都會歡迎妳！梅芹笑了，笑聲中掛斷了越洋電話。

夏嘉澍的老伴走了，如今家中孤家寡人，頗不寂寞。他最煩惱的是吃飯問題。偶爾上飯館，還得跟熟人打招呼，麻煩。再說，齒牙動搖，塞縫，再好的菜也難以下箸。這是年輕人難以理解的事。何況年事日長，血壓稍高，肉類炒菜最好少用。聽說毛主席最愛紅燒肉，夏董也愛吃，為了血壓，老夏早已戒除，每到節慶，電視節目介紹台北的東坡肉、紅咚咚的，麻繩綑著，還在輕微顫動冒熱氣，那股Q嫩彈牙的美味，真令人垂涎三尺。解饞一次，行吧，不行。

老夏的口味，葛弗知道、幼姣知道，前者有家，後者入土。如今知道他吃飯為難的只有阿海，老黃牛只有嘆息。一日，林祥海帶來一個中年婦女，長得不錯，健壯、乾淨，名叫周素琴。

她是哪個部門的？

阿海說，周姐曾在養老院做飯，有五、六年經驗，年輕時也當過護士，對烹飪很有興趣。舉凡稀粥、麵條、燉湯、營養易嚼的小菜，她都會做。

夏董聽了很高興，問阿海，周素琴住在哪裡？

林祥海想讓她住在廚房，一方面可以照顧門戶……

不好！夏董的意思，周素琴還是住在外面，按上下班時間做事，她還得上街買菜，很辛苦的。咱們不能虧待人家。

林祥海聽了直笑。周素琴聽了也笑。

夏董問：「周小姐，妳如果同意的話，下禮拜一上班。」

周素琴說：「夏董，您告訴我，喜歡吃什麼，我心裡有個底，好預先準備。」

夏董的飲食，綠豆煮大米稀粥、蔥油餅，鬆軟易嚼，排骨湯、雞湯，不吃肉，大蔥生食，饅魚、深海魚，以少刺為主，乾拌油麵，拌以極少量的豬油……周素琴邊聽邊記下來。她說：「夏董的口味，我基本上瞭解，北方人胃口，我可以自由地為您搭配，反正您隨時提出意見，我再改正。依我來看，不到半個月，您的吃飯問題就會上軌道了。」

周姐的手藝，非常合乎夏董的胃口，不到半個月，他顯然有些發胖的現象。她是林火泉介紹林祥海的。既然有廚藝經驗，何不在老林的餐廳服務，卻委屈在夏董這兒做飯？這是使夏董茫漠不解的事。

一日，夏嘉澍去林火泉餐廳吃飯，談及周素琴，才知道她的家境尚寬裕，年輕時護專出來，便在縣醫院工作。後來，一個外科醫師追她，蒼蠅盯肉戰術，披上婚紗時，周素琴才瞭解自己是妾。台灣的職業，傳統上是學醫賺鈔票，所以驕傲，可以長袖善舞；到了今天，熱門職業是法律，學法律的可以升官撈錢，受到人民群眾尊重。周素琴和外科醫師丈夫結婚不到半年，便宣告仳離。從此，她一直過著孤獨的單身生活。

林火泉說，周素琴的廚藝，只是做家庭便飯，若是在餐廳掌廚，還輪不上，因為她的基本功還差。還說：「這個中年婦女不錯，她不在乎工資，而且心地善良、手頭大方，去年南部水災，她捐了二十萬。」

周姐幫夏董做飯半年，夏嘉澍便將林祥海找來，三個人當面講意見：周素琴做飯，實在有點委屈，大材小用，她可以在「寶島果園」職工中選一個助手，帶領為夏董做飯，等到助手純熟，可以代替周姐。

夏嘉澍說，從下週一起，周素琴調派總務室副主任，接派事宜請林祥海辦理。周姐想插嘴推辭，夏董馬上制止說：「咱公司的用人政策，不是一個人說了算，要經過董事會的討論。」

夏嘉澍喪偶後，心理已發生了變化。他不願意和婦女接近，為了避嫌，他近來門市部也少來。女職工卻尊敬他，也知道他有學問、廉潔、公正；夏嘉澍和林祥海是「寶島果園」的兩面旗幟，象徵光榮與希望。

夏董這種心理，周素琴非常清楚。她曾自我約束，應該少接近少談話，她懊悔當年委身與一位醫師，實在草率。男人的職業不是靠鈔票來定位。這種混亂的現象，都是被影視圈的男女演員搞的。最可笑的，許多不會唱歌、不會演戲，只靠耍嘴皮子的女人，像詩人拜倫所說「一覺醒來，名聲已傳遍了世界」。

過了數日，周素琴在林祥海再三催促下，才勉強去總務室報到。她的工作能力強，對職工生活照顧熱心，博得普遍好評。每天，周姐抽空在夏董家做午餐，到了晚餐，夏董再將菜飯熱一下，便可進食。這樣拖了兩個多月，卻不見助手。一日，夏董問及此事，周素琴說，尋找這樣的人才，還不是件易事。她的工作習慣下來，索性慢慢地尋找吧。

一日，周姐問夏董，想吃紅燒肉不？

夏嘉澍點頭。肥的才行，咬得動，瘦肉塞牙縫。

次日，周素琴在午餐端上一盤東坡肉，燉得和餐廳一樣漂亮、可口。夏董盛了半碗米飯，夾了一塊肥肉，吃了兩口，急呼解饞。周姐一邊看他吃，一邊說：美國人不吃豬肉，傻瓜。紅燒肉是人間美味。每頓吃兩三塊，對於血壓並沒有什麼影響，即使有影響，又有啥關係？人生在世，長壽並不一定是幸福的。如果為了長壽，這個不吃、那個不碰……。夏嘉澍猛點頭，舉起筷子，正想要再夾塊東坡肉。夏董，行了，等晚餐再吃吧，適可而止。周姐趁機端起了紅燒肉，拿去廚房收著。

夏嘉澍望著她的背影，笑了。

周姐從來不陪同他一起吃飯。而且也不吃夏董的食物。她的飯量不大，不過每日三餐，都進米食，稀飯、乾飯，她常說「不吃米飯，好像沒有吃飯。」

簡杏枝生了林俊，引起「寶島果園」婦女的羨慕，那孩子現在已會跑，只要碰上了狗，便嚇得不敢動。狗瞪著眼珠子瞅他，他也瞪大黑眼珠子瞅狗，直到狗搖著尾巴離去，林俊才朝屋內走。當初夏董給他取名「林俊」，真棒，因為孩子人如其名，愈來愈俊。若非孩子的面孔、體形，猶如林祥海的縮小版，還真會讓人懷疑他到底是不是林祥海的兒子哩。

周姐常帶林俊來夏董家玩，陪她煮飯、炒菜、燉湯。每次，周姐總會盛一點飯，夾點可口的菜給他吃。碰上夏董，總會取出一些玩具、糖果給他。林俊小嘴巴很甜，夏爺爺長、夏爺爺短的，有一次突然問：「夏爺爺，你太太呢？」夏董向上指了一下，林俊不懂，說：「周阿姨給你做太太，好不好？」周姐急忙制止他：「小孩子，亂講話，夏爺爺的太太，在山東。」林俊挨了罵，委屈地哭了。他一邊哭，一邊朝外跑，誰也攔不住他，周姐進到了門市部，見了簡杏枝，才將林俊哄勸不哭。

林俊事件，給夏嘉澍心裡起了波濤。他想停止周姐為他做飯吧，進餐問題難以解決；若是這樣拖延下去，他和周姐產生了互相依賴的感情，咋辦？捫心而論，夏董對周素琴是現實生活積累的感情，真切而實在。遠在海峽海岸的少年青梅竹馬的友伴，也僅是有如一幅水墨畫上影影綽綽的女人而已。它只供欣賞、回憶，因為它和現實是脫節的。

那晚，葛弗來舍小敘，談及此事，葛弗感慨至深。這件事猶如兩岸的和平統一，非常麻煩，縱使少年時耳鬢廝磨、男歡女愛，分離了半世紀，怎麼復合感情？這不是寫小說。

怎麼辦？

葛弗說，既然你對她真情相愛，那就結婚吧。

不行。夏董猶豫不決：容我再考慮些時日吧。

考慮？嘉澍，你已經沒有考慮的時間了。

葛弗走後，他找來林祥海商談此事。阿海也覺得不能蹉跎，否則夜長夢多，不了了之，懊悔終身。周素琴是逞強好勝的人，她決不肯被扣上貪圖財產的帽子嫁給夏董，這一點我是心知肚明的。若是要進行，阿海想讓簡杏枝作偵查員，先探探周素琴的意願如何。

任何人都料想不到，簡杏枝的任務，比楊子榮攻襲威虎山還要艱難，拖了將近半年，仍得不到對方具體的答覆，看起來這樁婚事是「阿婆生子」——沒指望啦。

夏嘉澍內心矛盾複雜，老來結婚，顧慮更多。有些話不敢和別人商量，只有說給葛弗聽。夏董為了照顧愛妻阿姣的病體，兩人已分房十多載，這正像解甲歸田的兵，十多年沒摸過步槍、沒扔過手榴彈，驟然間讓他上前線作戰，老芋仔怎有膽量？他見了敵人和炮火，豈不只得繳械投降？

葛弗聽了啞然失笑，無言以對。如果兩人結婚以後，作了形式的夫妻，那豈不是自找麻煩、自尋煩惱？於是，這個話題無疾而終。

年終，周素琴調升總務室主任，她的工作繁重，也沒時間幫夏董做飯，幸而周姐已在職工中挑選了一位阿巴桑，代替了她。新手做的飯菜，沿著周姐的路子走，因此很適合夏董的胃口，從此恢復了正常的生活。

周主任精明能幹，女強人，她的權力漸大，直逼簡杏枝的位置。果然，一年之間，簡周易位，周素琴做了「寶島果園公司」副總經理，於是群眾對夏董用人哲學開始了批判的聲浪。

儘管簡杏枝無動於衷，林祥海安心恬淡，但是群眾卻不服氣。有的傳言夏董和周姐有一腿，甚至還說再不出兩年工夫，「寶島果園公司」的領導權便會落在周素琴的手上。謠言滿天飛，職工怨聲四起，卻傳不到夏嘉澍的耳朵裡。

夏嘉澍一天到晚在書房裡寫作，白天，窗簾仍然緊閉，室內燈火通明。午餐時，張媽喊他吃飯。喊了兩三遍後，他才懶洋洋慢慢走出來，進食，這時張媽早已回家；晚餐亦復如此。兩人每月見不到一回面。夏董在搞什麼，誰也不知道。恰巧周素琴作了執行副總經理，大刀闊斧，開展銷路，她的策略不必向夏董請示，夏董也懶得過問，年終結算，豐收。公司職工拿到四個月年終獎金。聚餐，夏董才獲知這件喜訊。他誇獎林祥海是全縣罕見的經商人才，特地贈他名貴手錶一只。「寶島果園公司」的職工，愣了。

夏嘉澍瘦了，體重也明顯減輕。每位職工都關心他的健康。他的回話從張媽嘴中說出：「你們不是醫師，關心我的身體，紙上談兵，浪費心力，沒用！我的健康情況，只有醫院的醫師知道。」

夏嘉澍的用人之道，確實做到心心相印，肝膽相照。譬如林祥海，他每年端陽、中秋和春節，從夏董給他的獎金裡，用夏董的名義按時撥寄梅芹一筆慰問金。夏董竟然茫不知曉。這種情誼上哪兒去找？

一日，兩人談業務，聊及梅芹，夏董淡淡地說：往事如煙，不必懷念了，懷念又有何用？那是自尋煩惱。我寄給梅芹一點錢，略表心意而已；其實梅芹並不在乎千兒八百的錢。現在內地的人民生活水平普遍提高，最近報載：山東一位副省長貪污，討了四十多個太太，荒唐，荒唐！不敢相信。

林總苦笑：也許是謠言吧？

謠言，為什麼改革開放之前沒有這樣的謠言？夏董停頓了一下，作出決定：以後，每到春節，給梅芹匯兩千美鈔，作為我報答她的恩情。其他的，一切免了。

夏董問他，提昇了周素琴，沒有什麼閒話吧？

林祥海照實告訴了他。「周姐是個精明能幹的人，她的工資，一直沒作調整，是不是從下個月起——」

明年一月份起，比較恰當。

怎麼提高？

祥海，你看著辦吧。我現在專心寫回憶錄，若再蹉跎，來不及了。

林祥海勸他保重身體，不要為了寫回憶錄，傷害了自己的健康，那是不划算的事。

夏嘉澍寫作，彷彿在做見不得人的事，惟恐被外面的人發現。正像孕婦一樣。他聯想起葛弗說，過去台北有些文學青年，帶著稿紙、香菸和參考書，跑到鬧區咖啡館寫稿，時代久遠，咖啡館成了文藝作家紀念地。

葛弗說，這些人大抵是跟巴爾札克、海明威學來的。人家在巴黎，咱們在台北，洋人靠優美真摯作品，聞名於世；咱們的作家靠作秀、宣傳而成名。

純潔質樸的文藝小青年，多為中學生，喜歡作家的作品，作為崇拜的偶像；作家再將報紙副刊編輯捧成「文藝舵手」。於是，台北文藝圈形成上海灘的景象：下層是跑堂的、捏腳的市井小民，他們在幫會老大領導下，朝著杜月笙膜拜，而杜月笙並無此人；

幫會老大便作了杜月笙。這樣混下去，一片模糊，台灣文學若有希望，除非太陽從西方升起。

台灣文藝風氣之壞，乃是空前的現象。特別是上世紀七〇年代，台北兩家報紙副刊，惡性競爭，各立山頭，兩個主編成了惡霸，政府置之不理，而且不懂文藝，在這幫會集團中混出名堂的只有少數學院派新詩作者，和幾個翻譯工作者。因此，葛弗給予夏嘉澍的影響，不寫稿、不投稿，一輩子也不跟幫會往來。但是，葛弗卻忘記一件事：幫會老大也有嗚呼的一天。在民主多樣化的社會，東方不亮西方亮，戒嚴時期尚有舊書攤存在，兩份商業化的小市民報紙，它能掩蓋廣大人民的吶喊，壟斷台灣兩千三百萬民眾的思想？笑話。

覺醒了的葛弗，勸促老夏：「趕快寫吧，雖然為時稍晚，但是趁著思想巔峰時期，還來得及。」

周姐煮的紅瓤地瓜米粥，最適合他的胃口。每天能吃兩大碗。另外煎兩只荷包蛋。夏嘉澍眼前是人潮擁塞，許多難民、國軍從前線撤退，進了車站，然後再湧進混亂的城市。年輕學生，回不了故鄉，走投無路，只要留意街頭張貼的告示，便有了出路。部隊需要兵源，大量招募人才，夏嘉澍就是在這兵荒馬亂的歲月，進入陸軍三九團副官組的。報名，當時便發了兩套軍服、膠鞋，到炊事班領飯碗吃米飯、白菜燉豬肉，真過癮。一位軍官找夏嘉澍談話，問他的年齡、籍貫、學歷，以及家庭情況。一問一答，很有默契。

軍官拿出兩張十行紙，一枝鋼筆，囑咐夏嘉澍寫一篇文章，題為「我對當前反飢餓，反內戰，反迫害運動的看法。」那位軍官說：你按照你的觀點來寫，三百字、五百字，甚至一千字，都行。晚飯以前交卷。

夏嘉澍是文藝小青年，腦筋比猴子還精靈，他握著筆，想笑。若是寫上國共內戰，禍國殃民，只有停止內戰，中國才有復興的希望。他馬上被捕，關進黑牢。夏嘉澍立刻集中火力，批判這個運動正在一九四七年南京、上海、北平、天津各城市熱烈進行，它的幕後指使者就是共產黨。他寫道：「我的看法，結束內戰必須消滅共軍，這是我投筆從戎、報效國家的動機。」

傍晚，那個軍官看了夏嘉澍的文章，大喜。不停的誇獎：思想端正、文字簡潔，我的建議把夏嘉澍留在副官組，不知道組長有沒有意見？

侯組長看了文章，也笑。「蘇司書，把夏嘉澍交給你，給他補一個文書上士缺。」

從那天起，夏嘉澍便和軍官一起住宿、進餐。這也是夏嘉澍回憶錄的開始。

蘇司書很喜歡夏嘉澍，發了薪餉，囑咐小夏趕快換銀元或銅板，因為通貨膨脹，拖延下去一文不值，連一個燒餅都買不到。小夏正值發育時期，飯量特大，每頓飯都吃到大白菜白蘿蔔粉條燉豬肉，組內的長官故意逗他：「小夏，下月領了餉，我們賭一下，行唄。上飯館吃餃子，你能吃下兩百顆，白吃，我輸了罰水餃錢。」夏嘉澍想了一下：

「啥肉餡？」對方說：「韭菜豬肉餡。」

正當夏嘉澍猶豫不決，侯組長及時制止這件事。夏上士正在青春發育時期，飯量大，這是正常現象。但是不能鼓勵，那會撐死他。你們把小夏的身體整垮，咱們組的業務怎麼處理？

侯組長的話，抬高了夏嘉澍的重要性。國共內戰，雙方都搶救青年，拉攏青年，老共的辦法比較高明，在解放後的城市，「華東大學」、「軍政大學」、「白求恩醫學院」，只要青年前往報名，接受三個月、半年，以及最長兩年的醫療技術訓練，便成為解放軍的成員。

國民黨地域遼闊，撤退得快，僅是山東就有八座中學，分別到了廣州，當時教育部杭立武、國防部秦德純向台灣請示，八千名流亡學生如何處置？經過研商，李振清率領的四〇軍撤退到澎湖，正需兵員，決議將十七歲以上學生，上午補習課，下午實施軍事訓練，其他少數年弱的男女孩子，插班馬公子弟學校讀書。一九四九年夏，澎湖派了羅延瑞少將到了廣州，開會，接收流亡學校師生。於是，一艘屬於招商局的濟和號輪船，停駛廣州黃埔港，將山東八千名流亡學生接運澎湖，先後兩批，時在六月二十八日前後。

國軍搶救青年，這是空前的成功創舉，它在近代史上是重要的一頁。它和一九四九年的金門古寧頭大捷，同等重要。這到底是陳誠的功勞呢，還是秦德純的政績？時過境遷，由於冤殺了張敏之七員，謀害了無數知識青年，誰也不肯站出來認帳，躲都來不及呢。

濟和輪抵達澎湖，在夕陽西下中搶灘，位於西嶼，也即是孤立於馬公島外的漁翁島。學生登陸，甕中捉鱉，讓你插翅難飛，高明至極。不過，對於這些天真無邪的青少年，抱持這種卑劣手段，實在缺德帶冒煙兒。從袁世凱小站練兵，製造軍閥混戰三十餘年，「澎湖編兵事件」最違反人權，以及人道主義。那些被損害及被迫害的八千名青少年，有的成為將軍、學者、詩人、作家，卻很少人說出實情，夏嘉澍在寫回憶錄，內心迸發出憤怒的激情。他認為在近代史上，這是一件空前的迫害青年政治事件。

最可笑的，當年山東流亡學生剛抵澎湖，便有十多名有政治背景者，趁機溜走，升學，出國。如今這些投機分子作了中央研究院院士、美國大學教授、政府要員，他們反過來接受媒體訪問，大談澎湖編兵往事，拉風。知識分子的不要臉，五大洲中，中國第一！

在三九團副官組，夏嘉澍從文書升到司書，他遵守一個做人哲學：不發牢騷、遠離文藝，安份守己工作，升官發財，天下太平。麥克阿瑟、杜魯門不懂哪國人，周至柔、蔣經國中興英雄，那便天下無難事，年終獎金照發。蘇司書曾告訴過他：吃喝嫖賭金腰帶，奉公守法穿破鞋。台灣的軍中將領、幹部，一年喝下的金門高粱酒，灌滿日月潭，你行麼？嘴碰一下酒杯，臉紅。不行啊，上不去呀，早咧。

蘇司書病逝，夏嘉澍仍未進官校、入黨，他只得退休去台北牯嶺街擺舊書攤。

起初，拉不下臉皮，久了，成了買賣人。洪幼姣進來，增加了春天的氣息。阿姣當了老闆娘，夏嘉澍沐猴而冠，當起老闆了。白天漿糊剪刀，演《西廂記》；夜間凡士林、衛生紙，上演《楚霸王》。起初，幼姣尚能忍受，不到一個月，洪幼姣提出辭職的請求。

為啥走？

受不了！

妳還年輕，應該犧牲享受、享受犧牲。

老闆，我請問你，你們老芋仔都這麼厲害？

老夏拊掌大笑，答非所問地說：「阿姣，別走，明天晚上開始，妳睡臥房，我睡書房，隔上十天半月，想來的時期，就在臥房辦事，行唄？」

你說的得明確，到底是十天，還是半個月？

老夏正在猶豫，幼姣斬釘截鐵地說：「每月行房一次，就在陰曆十五號。」

既然立下規矩，必須遵守。每值陰曆十五清晨，夏嘉澍總會提著籃子，去菜市場買菜。他買的是餃子皮、蝦仁和鮮嫩的韭菜。回家，阿姣一撥菜籃子，臉色陡變，她說韭菜要加豬肉餡，才好吃。老夏說，這是剛拔的新鮮韭菜，有營養，有滋味，包管妳吃了還想吃。

阿姣一面摘菜，一面回想，過去老夏吃了韭菜餡餃子，搖身一變景陽崗打虎的武松，力大無窮，整得阿姣死去活來，既怕又恨，如今丈夫買回這麼多鮮嫩的韭菜，豈不是存心報復，撈本兒！

阿姣問：「你忘了買五花肉。」

買肉作什麼？剁一點蝦仁，拌韭菜餡兒，才夠味。妳別管它，包餃子拌餡兒，我一手包辦。

阿姣捂嘴偷笑。你一手包辦，那是陰謀，你想今晚上路過景陽崗，喝下十五碗白酒，一大盆韭菜餡餃子，在月黑風高夜將我整死，過癮。想的可真美！頓時，洪幼姣產生了靈感。她說近來渾身發癢，可能患了皮膚過敏症。吃韭菜，不合適，要不然少放韭菜，多摻肉餡，怎麼樣？

隨妳。老夏對妻子百依百順。一切ＯＫ。

晚上，夏嘉澍打開一瓶金門大麯酒，飲酒佐以水餃，侍酒醉飯飽之際，剝去乳罩，將阿姣推倒床上。正是「景陽崗頭風正狂，萬里陰雲霾日光。觸目晚霞掛林藪，侵人冷霧彌穹蒼。」那一絲不掛的阿姣，被丈夫整得鬼哭神號，翻騰不已。最後只得攤在床上喘吁……

待阿姣一覺醒來，老夏問她「不要緊吧？」

爽死了！

老夏湧出心疼的感覺。自私、貪婪，為了滿足性慾，誘騙阿姣吃韭菜餃子，而且喝白酒、嚼蒜頭，促使那話兒血液循環、迅速膨脹。但是又有啥用？婚後多年，阿姣的腹部依然如松山機場。

一日，阿姣在進餐時提出一個問題：建議老夏趁著年紀不老，討個小。住在一起。妻妾輪值一個月，然後交換，不知老夏同意否？

免議。老夏打了官腔。

過了半年，幼姣又提這檔事。老夏說既然男女平等，我討一個年輕的小，妳也招一個身強力壯的在室男，四人住在一起，生活由我負擔，將來生下兒女姓夏，行麼？

考慮考慮。

不過，將來小丈夫進門，妳不能跟他眉來眼去，打情罵俏，否則記過，並得挨我老夏的拳頭。

既然住在一起，自然發生感情，你用「記過」處罰，不合乎情理。至於你隨便打人，不行。我和他聯手去警局告。

夏嘉澍說，入贅的男人，是生殖的工具，他是沒有地位的。否則，我會整天和小老婆遊山玩水，吃喝玩樂，把妳丟在家裡。這才是公平現象。老夏問：「阿姣，這樣過日子，行麼？」

阿姣說，行。不過半個月，我用菜刀將外來的男女二人殺了，然後切腹自殺，結束三條人命的悲劇。

從此，夏家恢復了寧靜的生活。「陰曆十五公約」無形中消聲匿跡。每月吃兩頓水餃，韭菜蝦仁餡、韭菜豬肉餡，韭菜香嫩可口，比高麗菜好吃些。

梅芹將會來台灣觀光的消息，傳到「寶島果園公司」時，洪阿姣已癌症末期，病入膏肓。她噙著眼淚，擔心丈夫老得不能動彈，找誰為他做飯。老夏說，這些小事，用不著妳操心。林祥海已找到合適的人選，梅芹呢？老夏嘿嘿直笑。少年時的青梅竹馬，那是愛情小說的情節，它是經不住一場颱風吹襲的。現實主義的小說，它有一定的情感基礎，何況老來重逢，有何愛情？阿姣起初茫漠不解，後來漸漸恍悟過來。她擔心丈夫離家半個多世紀，還是愛吃麵食，但是齒牙動搖，嚼不動它，咋辦？

在醫院的安寧病房，阿姣叮囑簡杏枝，將來請阿海替丈夫找個做飯的。杏枝點頭。還說老夏喜歡吃稀粥，夏天喝綠豆大米粥，冬天喝地瓜大米粥，大葱、軟餅、少刺的深海魚。老夏也愛吃水餃，自己包的，韭菜豬肉餡兒。別吃多，一個月嚐一回鮮。

遇到合適的，給夏董介紹個老伴兒，怎麼樣？

洪幼姣哭了。

妳怎麼了？

我說願意，那是違心話。我知道老夏不想再續弦了，他屬狗的，快七十了。何苦再惹閒氣？

簡杏枝長嘆了一口氣。

杏枝，阿姣推了她一下，叮囑說：碰到性情比我好的，會做北方飯食的，還是給他物色一個對象吧。

簡杏枝哭了起來。她根本沒聽見阿姣說的話。

任勛和夫人巫善玲，在縣長選舉前夕，從日本返回「寶島果園」，造成空前轟動。巫善玲獲得日本農業博士，在學歷掛帥的台灣，她是受到廣大選民矚目的，特別是許多青少年，把他們視若影視紅星，粉絲一大票。

任勛回來，拜望夏董，首先指出「萬事俱備，只欠東風」，東風者，財力也。盼望夏董傾力支援，作為後盾。以任勛在縣議會的基礎，再加上學歷高、年紀輕、農業專業的深厚知識，出來競選縣長，乃水到渠成的事。

夏董聽了任勛躊躇滿志的豪語，有點詫異，他問：「你沒有考慮其他人選？」

任勛笑了。他是林厝村人。縣內的人才，他是瞭若指掌，依照辦事能力，巫善玲當過教授，她有應付議會以及改良農業的經驗。她在日本深入研究了兩岸政策，對於發展全縣農漁業具有信心。夏董仔細凝聽，頻頻點頭，他同意支持巫善玲競選期間的財力。

夏董不太出門，但是「寶島果園」的混亂聲音，卻已使他的寧靜生活，受到干擾。一日，周素琴前來彙報業務，這是從來沒有的事。周副總開門見山地說：「林祥海領導下的經營概況，一直上升，這是有目共睹的事實。阿海學歷稍低，應付外來顧客，已上了軌道，如果驟然將他拉下馬，你得考慮一下。」

夏董笑了，「我沒考慮什麼。」

周姐說，「寶島果園公司」每一個職工，都知道你的計劃：這個企業的任務，最後要落到任勛的身上。他學歷高、眼光遠，有開拓農業果園的魄力。所以，周姐想趁這個機會，辭職。

別胡鬧了，回去。

周副總走後，林祥海也來找夏董談話。當年，阿海是任勛找來的司機，同住林厝村，失業在家，任勛把他介紹進來工作。任勛是夏董鼓勵他參選縣議員，暫時離開的，如今任勛留日歸來，理應復職。

你做什麼？

總務主任。

人事的調動，你說了不算，我也沒有權利決定，等董事會開會後再作決定。夏董斬釘截鐵地說：「剛才你的一番話，讓我非常失望，傷心；你只記得任勛提拔你，卻忘了我對你的栽培，我心裡難過啊！」

林祥海的淚，淌了下來。

當初夏嘉澍確實將任勛視為「寶島果園」的未來領導人。農業專科出身，有經營才幹，對人也很誠懇，但是蹚了政治圈渾水，變質了。歷史上的帝王，最初寵愛的是祕書、太監、馬弁，但等到這些身邊人掌握了大權，他們會毀滅你的江山。從任勛回國初次見面談話，便已赤裸裸顯現出他的庸俗主義的本質。讓「寶島果園」出資本，他夫人參加縣長選舉，後面有執政黨支持，應該是有把握的。即使萬一落選，任勛在「寶島果園公司」任總經理，人才、資源、財力，不愁沒有東山再起的一天。

夏嘉澍聽了任勛的計劃，大為驚愕。坐在沙發上的任勛，變了，脫胎換骨地變了！夏董和藹地說，任勛剛回來，對於縣內的各項事務，不甚瞭解，應該深入地方群眾，再作選舉縣長的決定。至於財力，夏董非常慷慨：「需用多少，隨時打電話到總務室。」當日，任勛帶走了現鈔五十萬。消息傳出，許多職工都說夏嘉澍瘋了！

正當任勛躊躇滿志，參選縣長的時候，執政黨支持的人選卻發生變化。任勛到台北去吵，碰壁而返。當初在東京談妥，縣裡選出女博士作縣長，光榮，值得炫耀。為何回來之後卻冒出新人物？

夏董勸他，執政黨向來重視學歷，既然淘汰下來，就別選了，任勛賭氣，即使脫黨也要以「無黨派」來參選。夏董笑了：「難道你們留學的目標就是為了升官發財？」任勛沉默以對。夏董嚴肅地說：「當初我鼓勵你出來作議員，便是希望以你所長，把咱農業縣的產品推廣出去，讓海峽對岸人民重視。現在，難道你忘了我的話，一心一意只想朝官僚的路子上走！」

任勛覺得羞辱、委屈，他說：「時代變了，夏董，你的思想落伍了。」

任勛夫婦走了。夏董也未送客，僵了。

葛弗轉告夏董，執政黨原安排巫善玲競選縣長，孰料台北在報名前夕，一位大老推薦出美國芝加哥農業博士何芳參選縣長。何芳是政治世家，在電視台作過主持人，年紀二十七歲，未婚。正是咱台灣寵愛的明星。葛弗再補充兩點，夏嘉澍更瞠目結舌了。何芳在北一女作過儀隊副隊長，而且還曾經是台大女子排球隊選手。

夏嘉澍聽了這些話，驀然氣喘、心悸，身體頓時衰弱下來。他囑咐張姐一日兩餐稀粥、肉鬆、一個荷包蛋。清晨，他向來自理，沖一杯牛奶加咖啡。

從縣長競選日起，夏董不看報、不看電視，也拒絕訪客。一日，任勛帶了巫善玲的縣長競選車隊，浩浩蕩蕩來了「寶島果園」，向職工同仁拜票，順便拜望夏董。林祥海說：「夏董感冒轉成輕微肺炎，不見客，你的來意，我會轉告他。」任勛悻悻而去。

夏嘉澍不是因任勛做出沒有把握的事，而感到不滿。因為這次參選並不正當，純係投機的行為。既然無把握，何必跑回來參選縣長？全縣的選民，都知道任勛夫婦是「寶島果園」選出來的，這次臨時冒出一個程咬金，「寶島果園」也只有認栽了！

最可惱的，這次何芳的宣傳並不熱情。甚至有人還弄不清何芳是男是女？妙哉。何芳的競選辦事處，卻獨霸縣政府對面，約一百八十坪，紅花綠葉，迎風招展，四周插滿了旗子，何芳的照片，正向縣民揮手微笑。

選舉結果，何芳以一千零七十八票順利當選，巫善玲得了八百九十八票，高票落選。其他落選人都是數百票，而且都是男的。巫善玲窩囊透頂！

任勛夫婦到「寶島果園」謝票，再度撲了空。夏董病體復原，他和葛弗去新加坡參觀國際華文書展了。

巫善玲落選，差一百八十票，任勛不服氣，「寶島果園」職工也不服氣，即使「寶島果園」職工兩成人出來投票，也會超過何芳。這鮮明地顯示何芳集團從中作弊。

任勛在縣議會任內，朝野人士結識不少。他向朋友表示不服，於是眾人將怨恨集聚在何芳身上，形成了眾怒難犯的情勢。通過申訴、檢查票櫃，以及示威遊行，縣內亂得像沒王的蜂窩。結果，不了了之。任勛耗費了六十萬，夏嘉澍把支票托林祥海交給他，安慰他「留得青山在，不愁沒柴燒」，任勛只有苦笑。

何芳縣長上任，各種媒體銷路大增，每天，報上都刊出她的醜相，以及她的驢唇不對馬嘴的發言。只要扭開電視新聞，你便看見何縣長的千姿百態，既像推銷員主持人拉廣告的酒家女，又像唱歌的變魔術的推銷豪宅的辣妹……向來不看電視節目，埋首寫回憶錄的夏嘉澍也坐在沙發，冷眼觀望何芳縣長的醜態。

「妳不懂今後如何發展農產品外銷，妳這農業學博士是怎麼拿到的？」議員質詢她。

「我何芳只會做，不會說，我是沒有聲音的人！」

「那妳換個行業，當按摩女去吧。」

換個行業，我也同意。我想以縣長身份，去做「寶島果園公司」董事長，不出兩年。我會交出漂亮的成績單。

吵嚷聲、笑聲，夾雜著叫罵聲，讓夏董心煩意亂，他趕緊按熄電視開關。

夏嘉澍回到書房，破口大罵起來：

這是哪些教育學府培植出來的騙子！這是哪些無恥的政客，推薦來的人才！幹你娘，基掰！

張姐正在廚房煮粥，聽到夏董的吼罵，嚇得急忙衝到書房，勸慰夏董：既然看了電視生氣，何必自尋煩惱？張姐轉到客廳，把電視機線路拔掉，氣咻咻地回了廚房。

下午，夏嘉澍通知召開董事會議，也首先簡略地將何縣長對「寶島果園」批評的話，轉述一遍。為了和污穢的政治圈切割，抱定長痛不如短痛的決心，把「寶島果園」領導層作了調整。過去，洪幼姣癌症進了醫院安寧病房，夏嘉澍便將「董事長」位子交給林祥海。因此當時的對外稱呼，夏董是「榮譽董事長」，林董是「董事長」，近一年間，阿海覺得這樣蹉跎下去，既彆扭，又不稱職，如今任勛留日歸來，他還有意隨時復職，這會打亂了公司的秩序和陣腳。

夏嘉澍宣佈，自即日起，夏董正式退休。董事長由林祥海擔任，總經理由周素琴升任。剛宣佈立刻引起董事的爭議，經過一番激烈的辯論，最終決議：

夏嘉澍　榮譽董事長

林祥海　董事長

周素琴　總經理

會後，夏董交代，這項「寶島果園公司」新領導班子新聞，立即複印分發駐縣各新聞媒體，以避免發生夜長夢多的現象。

這件新聞發佈以後，任勛已無法在「寶島果園」挪用公款，林祥海也名正言順、理直氣壯擔負起全部的責任。

這是天意。那年冬季寒流像波浪般湧過台灣海峽，氣候特寒，夏嘉澍不慎患了肺炎，咳嗽，沒胃口，體重下降，眼看消瘦下來。葛弗來看他，囑他增加飲食營養，並需到醫院作肺部檢查。夏嘉澍姑妄聽之，卻依然故我，拖下去。元宵節過去，走路氣喘，呼吸困難，他讓祥海帶他去醫院求診。照過X光，醫生馬上指示，住院檢查，依胸腔電腦斷層掃描報告，醫生告訴他：「你的肺部沒有腫瘤，放心吧。」夏嘉澍在服藥、注射和各種檢驗後，已孱弱不堪，整天在昏迷中生活。他吵著要返回「寶島果園」，護理人員聽不懂他的囈語。

夏嘉澍在昏沉中，讓護士推著輪椅出了病房，停在醫院門前，幾十只麥克風擺在面前，廣場上的成千上萬的民眾，鼓掌，吶喊，為夏董祝福、加油，靜待夏嘉澍的講話。

夏董的聲音嘶啞、微弱，可能仍在咳嗽發燒的緣故。但是他的聲音卻能清晰地傳播到對面的市街。他提出糧食問題，在目前的非洲，非常嚴重；北韓、中亞甚至美洲也開始緊張。他說人類的智者少，愚者多，早在一九五三年，中共作了歷史上首次人口普查，從元月一日到六月三十日截止，整個中國大陸的人口共六億一百九十一萬八千三十五人。馬寅初三次到浙江調查研究人口問題，寫出報告《新人口論》。

人口學家馬寅初指出：中國人口增殖太快，應及時節育。他批判馬爾薩斯的人口理論錯誤，而且理論和實際不結合。他力主控制人口，趕快推展節育。不料，他的這個建議受到毛主席的批判，毛說：「除了黨的領導外，六億人口是一個決定的因素。人多議論多，熱氣高，幹勁大。」

夏嘉澍說出他的觀點，解決糧食問題，只靠節育，控制人口，不行。應該改變糧食餬口觀念。他們吃水果、蔬菜，以及各種農產副食品。咱們台灣屬於亞熱帶氣候，應該發展水生類蔬菜，也就是適合水澤生長的蔬菜，如茭白、蓮藕、水芹、慈姑、荸薺、純菜、蒲菜、豆瓣菜等。台灣氣候一年如春，最適宜發展水生類蔬菜，這是咱們解決糧食問題法寶之一，趕快去做，然後幫助世界各國的飢民。

暴風雨般的掌聲，掩蓋了夏嘉澍的精彩演說。正當護士推著輪椅走進安寧病房，後面有人說：有一個文化訪問團，從海峽對岸山東來此，正在地下樓咖啡間等待夏嘉澍先生講話。

領隊是哪位先生？

「及時雨」宋江。

夏董低下了頭，心想，憑著會寫兩首現代詩，八股文件，廣交五湖四海、三教九流的朋友，作了梁山水泊的頭目。最後，一百零八位純樸誠懇的英雄，被宋江害得自殺、出家、家破人亡……這種人見他作啥？他揮手說：「告訴宋江，夏某是台灣人，不願會面，抱歉。」

有人勸他，宋江是鄆城人，小同鄉，他來拜訪你，按照禮貌人情應與見面。不料，夏嘉澍卻翻了臉：「我是一個病人，穿著病人衣服去見客人，那多失禮？何況我夏嘉澍只是一個舅舅不疼、姥姥不愛的老芋仔……」他說著說著，眼淚不禁奪眶而出。

雨過天晴，果樹結實纍纍，預計今年將會大豐收。「寶島果園」的職工，整天在陽光下忙得團團轉。偶然有顧客向店員打聽夏嘉澍的消息，林祥海總會熱情地說：「夏公去菲律賓度假了。」

歲月悠悠，數年過去，林董總以這句話回答群眾對夏嘉澍的關懷。這樣日復一日，以訛傳訛，甚至連「寶島果園」的職工，也疑惑夏公健在？出國多年未返，他一定在南洋續弦，安度晚年了。

後記

人到晚年，時常回憶走過來的路。我少年時，家父在國軍服役，消息杳然，拋下我母子在淪陷區度過五年亡國奴生活。我受到過奴化教育，直到將近抗日勝利前夕，我才投入祖國的懷抱。捫心自問，腹內的知識學問和經驗，猶如一鍋雜燴湯，好不愧煞人也。

日本明治時代啟蒙思想家福澤諭吉，說過：「一生而歷二世」，這是既尷尬而又幸運的事。我是在一九四九年國共內戰時渡海來台的，大半輩子經歷了兩個截然不同的政治環境，若是不把它記錄下來，實在遺憾終生；若把所見所聞寫進小說中，更應該忠於史實，不可矇騙讀者，否則不但失去意義，也浪費了精力與大好時光。

當前台灣的民主自由，史無前例，但得來不易；是由一批不怕苦、不怕死、不怕坐牢、不怕失業、不怕流亡海外的熱血青年奮鬥得來的。不能忘記他們。我曾看到國共內戰中的真實情景，可以為國民黨的失敗作出見證。但是，它是哺育我成長的母親，即便它曾冷落我、輕視我、討厭我，並且虐待過我，我也無怨無悔；因為我的命運不濟，遇到的沒有貴人，只是一群小人，自認倒楣而已。但是國民黨的弱點，我這個老芋仔還能客觀地作出正確的判斷。

台灣有一小撮家世顯赫、喝過洋水的偽學者、假詩人、吹牛作家，扛著「文學脫離政治」的破旗，招搖撞騙，我永遠唾棄他們。文學和政治都不是目的，同樣是互相影響，幫助人民推動歷史的前進。文學作家不是精神貴族。近半世紀來，台灣文化界被這小撮人把持、壟斷，因而阻礙了文藝創作的前進。這是讓我鍥而不捨、努力不懈的原動力。

每值選舉，有些人都說老芋仔是「鐵票部隊」，謬矣。直白地說，這些從國共內戰撤退來台的軍人，有不少勇敢的壯士、有理想抱負的青年，他們何嘗不想把台灣建設成花團錦簇的樂園？

去年冬天，我寫作《豔陽天》時，寒流如波浪一般湧向台灣海峽，我因咳嗽引起肺纖維發作。我不知道。食慾不振，體重下降，直到走路氣喘不止時，我才被送進新店耕莘醫院。那時《豔陽天》將近尾聲，我想起寫的小說，禁不住哭了。

朦朧間，睜開眼，發現晶兒坐在床邊。「爸，趁熱，喝了鱸魚湯，很新鮮。」

行，快拿去給夏董事長，他在安寧病房。

你說什麼？我聽不懂。

夏董事長是《豔陽天》的主角，誰也不知道。剛才夏公對群眾演說，被推進安寧病房，便有同鄉造訪，原來是山東鄆城宋江。夏公一聽名字，沉下了臉。宋江為了討好皇帝，出征方臘，最後搞得梁山水泊一百零八位英雄出家、自殺、家破人亡。夏嘉澍激動地說：「不見！」

「不見誰？」晶兒問。

「宋江。」

「老爸，別寫了，看你瘦得那樣子，……喝魚湯吧。」

這時，主治大夫和助診護士走進病房，他邊看化驗單邊說話，聲音提高：「張先生，你沒有肺癌，肺部的陰影可能是咳嗽引起的纖維化。大夫走後，晶兒查醫學書籍，才知道這是一種難病，有咳嗽、多痰、呼吸困難、手指特異現象，治療可動手術或服用類固醇。到了晚年，不必再煩惱了……我心裡明白，我是不會死的。嘴上露出笑容，心裡卻想出夏嘉澍的結局。出醫院後，決定安排夏公去菲律賓，他已病故，老芋仔的真正心願，他不會返回故鄉，因為台灣才是他的故鄉。

釀小說11　PG0931

豔陽天
——張放長篇小說

作　　者	張　放
責任編輯	劉　璞
圖文排版	彭君如
封面設計	秦禎翊
出版策劃	釀出版
製作發行	秀威資訊科技股份有限公司 114 台北市內湖區瑞光路76巷65號1樓 電話：+886-2-2796-3638　傳真：+886-2-2796-1377 服務信箱：service@showwe.com.tw http://www.showwe.com.tw
郵政劃撥	19563868　戶名：秀威資訊科技股份有限公司
展售門市	國家書店【松江門市】 104 台北市中山區松江路209號1樓 電話：+886-2-2518-0207　傳真：+886-2-2518-0778
網路訂購	秀威網路書店：http://www.bodbooks.com.tw 國家網路書店：http://www.govbooks.com.tw
法律顧問	毛國樑　律師
總 經 銷	創智文化有限公司 236 新北市土城區忠承路89號6樓 電話：+886-2-2268-3489　傳真：+886-2-2269-6560 博訊書網：http://www.booknews.com.tw
出版日期	2013年3月　BOD一版
定　　價	290元

Printed in Taiwan

國家圖書館出版品預行編目

豔陽天：張放長篇小說 / 張放著. -- 一版. -- 臺北市：
釀出版, 2013.03
面；　公分. -- (釀小說11 ; PG0931)
BOD版
ISBN　978-986-5871-16-1 (平裝)

857.7　　　102002050

讀者回函卡

感謝您購買本書，為提升服務品質，請填妥以下資料，將讀者回函卡直接寄回或傳真本公司，收到您的寶貴意見後，我們會收藏記錄及檢討，謝謝！如您需要了解本公司最新出版書目、購書優惠或企劃活動，歡迎您上網查詢或下載相關資料：http:// www.showwe.com.tw

您購買的書名：____________________

出生日期：________年________月________日

學歷：□高中（含）以下　□大專　□研究所（含）以上

職業：□製造業　□金融業　□資訊業　□軍警　□傳播業　□自由業

□服務業　□公務員　□教職　□學生　□家管　□其它____

購書地點：□網路書店　□實體書店　□書展　□郵購　□贈閱　□其他

您從何得知本書的消息？

□網路書店　□實體書店　□網路搜尋　□電子報　□書訊　□雜誌

□傳播媒體　□親友推薦　□網站推薦　□部落格　□其他________

您對本書的評價：（請填代號　1.非常滿意　2.滿意　3.尚可　4.再改進）

封面設計____　版面編排____　內容____　文／譯筆____　價格____

讀完書後您覺得：

□很有收穫　□有收穫　□收穫不多　□沒收穫

對我們的建議：____________________

____

____

____

請貼
郵票

11466
台北市內湖區瑞光路 76 巷 65 號 1 樓
秀威資訊科技股份有限公司 收
BOD 數位出版事業部

（請沿線對折寄回，謝謝！）

姓　　名：＿＿＿＿＿＿＿＿　年齡：＿＿＿＿　性別：□女　□男

郵遞區號：□□□□□

地　　址：＿＿＿＿＿＿＿＿＿＿＿＿＿＿＿＿＿

聯絡電話：(日)＿＿＿＿＿＿＿＿(夜)＿＿＿＿＿＿＿＿

E-mail：＿＿＿＿＿＿＿＿＿＿＿＿＿＿＿＿＿